D1389512

Lola & Papa Pol
en hun reizen-van-één-dag

Voor moeke

Lola & Papa Pol
en hun reizen-van-één-dag

An Verstraete

met illustraties van
Anna-Karin Garhamn

LANNOO

Meer reisjes samen

Voor de deur van Lola's huis stond een blauwe bus.
Reizen Pol, stond erop, in grote witte letters.
Pol was Lola's papa. Elke dag, terwijl zij op school zat, ging hij op reis. Papa Pol was chauffeur voor reizen-van-één-dag! Mensen konden hem bellen voor al hun uitstapjes.

Als Lola 's morgens uit bed klauterde, liep ze altijd eerst naar het raam en dan keek ze naar de bus.
In de zomer stond hij te blinken in de zon.
In de herfst drupte hij van de regen en natte bladeren hoopten zich samen op zijn dak.
In de winter bedekte het ijs alle ramen.
Maar nu zag Lola bloesems bij de wielen liggen. Roze en witte blaadjes dwarrelden in het rond en kleefden op de banden.

Lola en Papa Pol zaten samen op de drempel voor het huis.
Het was een zonnige zondagmorgen en ze hadden net hun

broodjes op. Papa Pol zat onderuitgezakt tegen de deur en met gekruiste armen. Hij had zijn ogen dicht.

'Zullen we in de bus nog eens ontbijten?' vroeg Lola.

Papa Pol trok één oog open.

'Jij was toch klaar?'

Lola gaf Papa Pol een por. 'Ontbijten is toch gezellig?'

Ze bleef hem aankijken.

Papa Pol nam een slok koffie en wreef door zijn haar. 'Je zit op mijn krant.'

Lola krabbelde recht en gaf hem de krant. Papa Pol probeerde hem glad te strijken.

'Die kun je daar ook lezen...' zei Lola voorzichtig.

Verlangend keek ze naar de bus, die voor het huis geparkeerd stond.

'Terwijl jij me de oren van het hoofd kletst?'

Lola haalde haar schouders op.

'Doe ik hier toch ook.'

Papa Pol lachte zonder geluid. Hij stond op en rekte zijn lange armen uit.

Lola huppelde al voor hem uit, het tuinpad af.

De reisbus van Papa Pol was prachtig glimmend blauw. Voor elk raam hing een gordijntje in een andere kleur. De stoelen waren bedekt met zacht, rood fluweel. In een hoekje

stonden een koffiemachine en een koelkast, en er was
natuurlijk ook een radio. Papa Pol had wel honderd plaatjes.
'Muziek!' zei Lola, terwijl ze in de bus klom.
'Daar is het te vroeg voor.' Papa Pol liet zich in de
chauffeursstoel zakken en legde zijn krant op het stuur. In
de stoel naast hem wipte Lola op en neer.
Even was ze stil.
Papa Pol slurpte van zijn koffie.
'Zullen we een ritje maken?' Lola keek hem aan van opzij.
Papa Pol legde zijn hoofd op de krant en maakte een
klaaglijk geluid. 'Ik wist het!' kreunde hij.

Alles in de bus was geweldig. Maar het allerleukste vond
Lola de microfoon. Die pakte Papa Pol altijd meteen na het
starten van de motor vast. Ook nu.
'Goeiemorgen, beste reizigers', klonk zijn stem door de bus.
Lola keek achterom naar de lege stoelen. Ze giechelde.
'Dat ben ik.'
'Welkom in mijn bus', ging Papa Pol onverstoorbaar voort.
'Dit is een perfecte dag voor een reisje.'
Dat zei hij altijd. Bij elk vertrek, bij elke uitstap. Ook als de
regen tegen de ramen tikte. Of als er kilometers file stond.
Als Papa Pol hoog en droog achter het stuur zat, vond hij
alles best.

'Je hebt nog niets verteld', zei Lola, 'over je reis van gisteren.'
Papa Pol deed de zonneklep naar beneden en draaide de
weg op.

'De natuurclub.' Hij keek even in de zijspiegel. 'Die moest ik
naar een studiedag over de rode mier brengen.'

'De rode mier', herhaalde Lola.

'Maar zoals je weet… Soms heb ik geen zin om zomaar te
rijden naar waar ik heen moet.'

'Daar steek je niet veel van op', vulde Lola aan.

'Klopt. Dus maakte ik een ommetje. Naar zee.'

Lola voelde een steek van jaloezie.

'Naar zee!'

'Ik liet al die bleekneuzen uitstappen op het strand.' Papa Pol
schoot in de lach. '"Hier zitten geen rode mieren!" zeiden
ze.' Hij haalde zijn schouders op. 'Maar het was wél natuur.'
Guitig keek hij Lola aan. 'Ze gingen allemaal pootjebaden.
De hele middag hebben ze door de duinen gehold.'

'En de studiedag?' vroeg Lola verbaasd.

'Die hebben ze gemist. En niemand vond dat jammer.' Hij
knipoogde.

'Ha', proestte Lola plots, 'je hebt je trui binnenstebuiten aan!'

'Huh?' deed Papa Pol verrast. Hij keek naar zijn flodderige
trui. Zijn haar stond in pieken overeind. 'Dat komt ervan',

zei hij verongelijkt. 'Me 's morgens vroeg de weg op sturen.'
Toen keek hij gniffelend naar Lola. 'Jouw kostuum is ook
wel raar.' Hij wees naar het grote, roze konijn op haar trui,
met zijn oren van badstof.

'Jij bent een *vader*', zei Lola. 'Jij ziet er gekker uit.'

'Oké', gaf Papa Pol toe. Hij duwde kort op de grote toeter
op het stuur. Lola lachte. Ze reden hun straat alweer in.
Jammer…

'En de gymclub?' vroeg ze gauw. Verbaasd trok Papa Pol
de wenkbrauwen op.

'Dat was vorige week. Heb ik je toch al verteld?'

'Nog een keer.'

'Goed dan…' Papa Pol zuchtte diep. 'De junioren moesten
weer eens naar een toernooi. Maar die turnertjes hadden
honger, dat zag ik zo. Dus maakte ik een ommetje. Naar de
bakker.'

'Voor taart!' Lola glunderde al bij de gedachte.

'De trainer vond dat niet slim', ging Papa Pol verder, 'maar
de turnertjes wel. En eerlijk is eerlijk, Lola, zij moeten
tenslotte gymmen.' Lola knikte.

Ommetjes of niet, iedereen was het erover eens. Met *haar*
vader was elk reisje een belevenis. Dat zeiden alle mensen.
Papa Pol was een chauffeur met talent!

Papa Pol parkeerde de bus voor hun huis. Hij draaide aan het grote stuur en keek in de spiegel boven zijn hoofd.

'Waar ga je morgen heen?' vroeg Lola.

'Morgen', zei hij verstrooid.

'Ja, morgen.' Lola wachtte op een antwoord. Papa Pol keek even naar haar gekruiste armen.

'Geen reisje morgen.' Nu tuurde hij in de andere spiegel.

'En overmorgen?' zei Lola snel. 'Waar ga je dan heen?'

'Nergens.' Papa Pol morrelde aan een hendel en stond op. 'Kom je?' Hij had zijn ene been al uit de bus. Maar Lola schudde het hoofd. Ze wilde nog even blijven zitten.

Ze zakte onderuit in de zachte, fluwelen stoel en keek dromerig door de grote voorruit.

Vroeger maakte Papa Pol bijna elke dag een reis. 's Avonds kwam hij dan met een heleboel verhalen terug. Maar de laatste tijd bleef de bus steeds vaker voor de deur staan. Lola fronste de wenkbrauwen. Misschien vond hij reizen niet leuk meer?

Papa Pol stak zijn hoofd naar binnen. Zijn haren stonden nog altijd overeind.

'Blijf je daar de hele dag zitten?'

Lola antwoordde niet en hij verdween weer.

Ik vind uitstapjes *wel* leuk, bedacht ze. Door de ruit zag ze hoe Papa Pol in zijn omgedraaide trui met een plank

zeulde. Dus moet ik vaker met hem mee! Ze knikte
opgelucht. Hij krijgt er vast wel weer zin in…
Papa Pol wenkte haar en ze zwaaide terug.
'Meer reisjes samen!' zei ze hardop.
En opgetogen sprong ze de bus uit.

Gevallen vogeltjes

Lola stond op blote voeten bij het raam van haar kamer.
Ze was pas wakker, maar ze had al een rimpel in haar
voorhoofd. Er was geen straaltje zon te zien. De bus stond
er een beetje flets bij in dit grijze weer. Maar zelfs in de
zon, dacht Lola, zou de bus niet blinken. Er zaten vale
strepen op de ruiten en de zijkant was bespat met modder.
Op het dak lagen blaadjes en vuil.
Papa Pol stak zijn hoofd om de deur.
'Schiet je een beetje op?'
Voor ze kon antwoorden, stommelde hij alweer de trap af.
Lola bleef nog even naar de bus kijken. Vandaag was er
een reisje, maar ze was vergeten waarheen.
In de badkamer deed ze de kraan open en weer dicht.
'Klaar!' zei ze tegen zichzelf in de spiegel.
Geeuwend ging ze aan de keukentafel zitten.
'Een bedevaart vandaag', hoorde ze Papa Pol mompelen.
Ze voelde een rukje aan haar haren.

'Au!' ontweek ze de borstel. Lola had erg lang, sluik haar.
'Kastanjebruin', zei Papa Pol altijd. 'Net zoals je mama.'
'Wat is een *bedevaart*?' Er kwam geen antwoord. 'Gaan
jullie naar zee?' Ze probeerde onder zijn arm door te
duiken.
'Blijf zitten!' Papa Pols gezicht was rood van inspanning.
'Klaar!' Opgelucht gooide hij de borstel aan de kant.
'Ik wil ook varen', deed Lola nukkig.
'We gaan niet varen.' Papa Pol gaf haar een klinkende zoen
op haar oor. 'Eet je ontbijt nu maar op.'
Lola ging met haar armen over elkaar zitten. Ze had
helemaal geen honger.
'Zal ik je brood in de vorm van een bus snijden?' zei
Papa Pol, want dat vond Lola leuk, wist hij. Maar nu werd
ze er alleen maar wanhopig van. Ze voelde haar ogen
vollopen.
'Ik wil geen busbrood', jammerde ze. Normaal huilde ze
nooit zo snel. Nu kwamen de tranen in een mum van tijd.
'Ik wil op reis vandaag.'
Papa Pol zuchtte.
'Je moet naar school, Lola, je kunt niet elke keer met me
mee.' Hij wreef met een hand over zijn ogen. 'Het wordt
niet eens zo leuk. Niet zo leuk als jij denkt.' Lola wiste een
traan weg. 'Het wordt heel gewoon.' Hij keek even door het

raam naar de bus. 'Gewoon een reisje-van-één-dag.' Hij keek nu echt een beetje triest.

Dat kon Lola niet hebben.

'Goed', snufte ze. 'Van één dag.' Ze snufte nog eens. Toen stond ze op en ging in de keukenla rommelen. Met een schaar en een boterham ging ze weer aan tafel zitten.

Ze knipte een letter P uit het brood en maakte met haar vinger het gaatje in de P.

'Voor jou.' Het brood was een beetje kleverig geworden.

'Lekker', zei Papa Pol.

'Jouw letter. Moet je straks opeten.'

'Doe ik.' Hij kneep haar zachtjes in de wang. 'Maar nu is het hoog tijd voor school.'

Elke dag bracht Papa Pol haar met de bus naar school. 'Goeiemorgen, beste reizigers', zei hij in de microfoon. 'Welkom in mijn bus.' Lola zat naast hem in haar stoel. 'Pas toch op!' Hij moest uitwijken voor een auto. 'Dit is een perfecte dag voor een reisje', zei Lola. Papa Pol zei niets meer. Verstrooid wreef hij door zijn haar.

Op weg naar school maakt hij nooit ommetjes, dacht Lola. Ze reden de hoek om en hielden met piepende remmen halt voor de schoolpoort.

'Zal ik de juf de groeten doen?'

'Juf Pia?'

'Dat zeg je toch elke keer? Dat ik haar de groeten moet doen?'

Papa Pol stond na school wel eens met de juf te praten. Of nee, het was omgekeerd. Eigenlijk babbelde Juf Pia vooral met hem.

'De deur!' Lola's enthousiasme was plots terug. Zij mocht de deur van de bus open laten zwaaien, met een knop bij het stuur. Papa Pol hielp haar de bus uit.

'Mijn kleine Lola', zei hij. 'Vanavond vertel ik je alles. Beloofd.'

'Afgesproken.'

En terwijl niemand keek, gaven ze elkaar gauw een knuffel.

In de klas dwaalden Lola's gedachten af. Ze moest denken aan wat Papa Pol soms zei.

'Jij en ik,' zei hij, 'wij lijken op twee vogeltjes die uit hun nest zijn gevallen.'

Meestal zweeg hij dan en dacht na. Maar heel af en toe vertelde hij verder over de vogeltjes…

Het vallen was begonnen toen Lola's mama steeds zieker werd. Zo ziek dat ze niet meer thuis kon blijven.

Papa Pol bracht haar naar het allerbeste ziekenhuis. Elke dag zat hij uren op een stoel bij haar bed. Lola was toen nog heel klein. Stilletjes zat ze op het voeteneind. Ze vond het ziekenhuis een beetje eng. Er waren lange gangen met heel veel deuren en de mensen fluisterden altijd en lachten nooit. 'Om niemand wakker te maken', had Papa Pol haar verteld. 'Zieke mensen slapen. Daarna kunnen ze weer naar huis.'
'Huis', had Lola gezegd. En ze wees naar de deur.
Lola's mama had een buisje in haar neus.
'Om beter te kunnen slapen', zei Papa Pol.
'Slaap', zei Lola en ze wees naar haar mama. Die lag onbeweeglijk en met bleke wangen in het bed. Af en toe opende ze de ogen. Dan zwaaide Lola naar haar.
De hele dag liepen verpleegsters en dokters af en aan. Maar niets of niemand kon Lola's mama redden.
'Mijn lieve Pol', had ze gefluisterd. 'Het lukt me niet.' Ze sloot haar ogen en opende ze weer. 'Je bent een boom van een vent. En Lola is een flink kind. Jullie redden het wel.' Papa Pol had niets gezegd. Hij streelde alleen zachtjes haar wang. Toen was ze weer in slaap gevallen. En die avond stierf ze.

Mama had toen gelijk, vond Lola. Papa Pol *was* een boom van een vent. Met sterke armen en lange benen. En hij wist van aanpakken. Maar die avond lukte het hem niet. Lola kon het zich nog vaag herinneren. Ze had hem stilletjes zien huilen. *Dat* vertelde Papa Pol haar niet.

'"Mijn kleine Lola," zei ik toen', zo ging Papa Pol altijd verder. 'Hoe pakken we dit aan?' Meestal liet hij dan even een pauze vallen. '"Pakken!", zei jij. Met een rukje aan mijn broekspijp.' Lola kende het einde van het verhaal uit het hoofd. '"Maak jij je maar geen zorgen," zei ik. We redden het wel.'

Papa Pol had een rustige, kloeke stem. Maar bij die woorden klonk er altijd weer een bibber doorheen.

Dan tilde hij Lola gauw op en omhelsde haar. Ze voelde zijn stevige romp. Alsof een grote boom zich aan haar vasthield.

Papa Pol is een druiloor

Na Papa Pols bedevaartreisje hadden ze allebei zin in kip.
Gebakken kip.
Papa Pol rommelde in de vriezer.
'Geen kip.' Hij trok een beteuterd gezicht.
'Met appelmoes.' Lola smakte met haar lippen.
Papa Pol stak zijn hoofd in de koelkast.
'Tomaat. Ei. Kaas. Worst.'

Lola schudde het hoofd.
'Ik wil ook kip', zuchtte Papa Pol. Met zijn voet deed hij de
deur van de koelkast dicht. 'Ik ga snel even halen.' Hij liep
al naar de gang. 'Maak jij ondertussen je huiswerk?'
De voordeur viel in het slot. Lola griste haar schooltas uit
een hoek en ging in de woonkamer aan tafel zitten. Ze
grabbelde in haar pennendoos en klapte haar schrift open.
Toen gleed ze van haar stoel.
Om een koprol te proberen tussen de tafel en de sofa.

Maar de telefoon rinkelde en ze stootte haar hoofd.

Haastig krabbelde ze overeind.

'Hal-lo-o-o', zong ze in de hoorn.

'Ben ik bij *Reizen Pol*?' klonk een vrouwenstem, een beetje verbaasd.

'Bij *Reizen Pol*', zei Lola keurig.

'U spreekt met de voorzitster van...'

'Soms is hij een druiloor', zei Lola.

'*Wat?!*'

'Een druiloor', zei Lola extra traag.

Er viel een korte stilte.

'Het zit zo', zei de vrouw. 'Wij wilden graag een reisje boeken. Voor volgende zaterdag.'

'Gaaf!' zei Lola. 'Op zaterdag ga ik ook mee.'

Er klonk een kuch aan de andere kant. 'Kan ik een keertje je vader aan de lijn krijgen?'

'Ja, hoor', zei Lola vriendelijk. 'Da-ag.'

Toen vond ze dat het gesprek lang genoeg had geduurd.

Ze liet de telefoon op het tapijt vallen en ging nog wat koprollen.

Toen ze eindelijk gebakken kip hadden gegeten, was het al laat. Lola trok geeuwend haar pyjama aan. Ze klauterde in

bed en wachtte tot Papa Pol op het voeteneind zou komen
zitten. De donsdeken trok ze op tot aan haar neus.
Soms las hij voor uit een boek, maar meestal vertelde hij
over een reisje. Het reisje van die dag of van een andere
keer. Lola grinnikte. Ooit had hij Sinterklaas een lift
gegeven, want het paard van de sint was verkouden. 'Ik
kon hem toch niet te voet met al die pakjes laten zeulen',
had Papa Pol gezegd. Op een ander reisje had hij een
sprekend varken gezien. Het stond in een wei naast een
wegrestaurant en het sprak alleen Frans. Het zei '*bozjoer*',
'*boswaar*' en '*kommontalleevoe*'. Na wat oefenen kon
Lola het ook. Soms vertelde hij dat kabouters de hele bus
schoon hadden gemaakt. Zomaar, in de nacht. Ze geloofde
het niet echt. Maar het waren wél leuke verhalen.
Vanavond toch maar geen varken, dacht Lola. Haar ogen
vielen bijna dicht.

Eindelijk kwam Papa Pol op zijn sokken haar kamer
binnengewandeld.
'Ben je klaar?'
Meteen zat Lola weer rechtop.
'Juf Pia wist wat een bedevaart is.' Ze duwde haar kussen
achter haar rug.
'Is dat zo?' Papa Pol liet zich languit op het bed vallen. De

matras ging lekker op en neer.

'Hoe ging het vandaag?' vroeg Lola.

Papa Pol keek naar het plafond.

'Wel goed.'

Lola strekte haar been onder de donsdeken tot ze hem met haar voet kon porren. Hij rolde op zijn zij en kneep in haar tenen.

'Weet je, Lola. Soms is je vader een beetje een druiloor.'

'Geeft niets.' Ze haalde haar schouders op. 'Als je me maar iets vertelt. Over de reizigers van vandaag.'

Papa Pol grinnikte en kwam overeind.

'Eerst leken ze me nogal gewoontjes.'

'Allemaal?' Lola was teleurgesteld.

'Tot ik die meneer met zijn grote jas in de gaten kreeg.'

Lola ging nog wat meer rechtop zitten. 'Die jas hield hij de hele weg aan. Dus vroeg ik hem of hij het koud had.

"Niet ik," zei hij. "Maar deze twee wel."' Papa Pol stak zijn hand in zijn zak en deed alsof hij er iets uit haalde en omhoogstak. 'En hij haalde twee bibberende muizen tevoorschijn.'

'Ie-ie-k!' Lola voelde de haartjes in haar nek overeind komen.

'Dat dacht ik ook', zei Papa Pol. 'Ik legde gauw een plaatje op.' Hij zweeg even. 'Toen begonnen die muizen te dansen.'

'Niet waar', zei Lola.

Papa Pol keek beledigd. 'Wél waar! Ze wiegelden met hun lijfje! En met hun staart.'

'Ie-k!'

'Perfect in de maat', voegde Papa Pol eraan toe. Lola giechelde en geeuwde tegelijk. Dat gaf een raar geluid.

'Is dat dansen of niet?' zei hij.

'Dansen', knikte Lola met een geeuw.

'Iemand nog vragen?' Papa Pol keek de kamer rond.

Welk plaatje was het? dacht Lola met haar ogen dicht.

Maar ze was veel te moe om het te vragen.

Ze hoorde hoe Papa Pol zachtjes de deur van de kamer sloot.

Rijden, Papa Pol!

Lola deed haar ogen open. En weer dicht. En nog eens open en weer dicht.

Ze zuchtte en geeuwde. Hoe moe ze ook was, ze kon niet in slaap komen.

Na een poosje kreeg ze een raar gevoel in haar buik, alsof er vlinders in rondvlogen. Maar het waren geen vrolijke vlinders.

Ze gleed uit bed en ging bij het raam staan. Buiten begon het zachtjes te regenen. De maan scheen op het dak van de natte bus.

Stilletjes sloop Lola haar kamer uit en de gang door, tot boven aan de trap. De deur naar de woonkamer stond open, ze kon Papa Pol in de sofa zien zitten. Achter hem glinsterde de regen tegen het raam.

Langzaam hurkte Lola op de trap neer. Papa Pol bladerde in een dik boek. Met een zucht legde hij het weg. Hij nam een ander boek en legde ook dat weer opzij.

Geruisloos schoof Lola op haar achterwerk een paar
treden naar beneden.

Plots verscheen een gezicht voor het raam van de
woonkamer. Het was pikzwart. Lola hield haar adem in.
Bij het zwarte gezicht hoorde een klein mannetje met een
dikke buik. Driftig tikte het mannetje tegen het glas. Met
een ruk draaide Papa Pol zich om.
'Jackson!' riep hij. Lola zuchtte opgelucht. Jackson was een
goede vriend. Hij was garagist en zat altijd onder de olie.
Zelfs in bad ging dat zwart er niet meer af. Papa Pol stond
op om de deur open te doen.
'Ik stoor toch niet?' hoorde Lola Jacksons stem in de
keuken. Twee tellen later stond hij te druppen op het tapijt
in de woonkamer. Papa Pol kwam achter hem aan.
De kleine garagist lachte zijn tanden bloot en Papa Pol
kreeg een stevige omhelzing.
'Mijn beste kerel', zei Jackson. Zijn neus reikte net tot Papa
Pols schouder. 'Nu moet jij eens goed naar me luisteren.'
Plechtig vouwde hij zijn zwarte handjes over zijn dikke
buik. 'Ben ik een goede garagist?'
'De beste', zei Papa Pol. Er vormde zich een plasje bij
Jacksons voeten.
'En ben ik je vriend?' Jackson sprak steeds luider. Hij

wachtte niet op antwoord. 'En heb ik je niet gezegd…' Hij draaide zijn ogen naar het plafond. 'Dat als je ergens mee zit…' Heftig schudde hij het hoofd, de druppels vlogen in het rond. 'Dat je dan *altijd* naar Jackson kunt komen?!'

'Altijd', knikte Papa Pol.

'Wat zit je hier dan te kniezen?!' brulde Jackson.

Papa Pol werd een beetje rood.

'En dan die smak van een bus van jou!' Met zijn zwarte vinger priemde hij Papa Pol in de buik. 'Die staat te vaak stil!'

'Ik…' stamelde Papa Pol.

'Rijden!' brulde Jackson, helemaal rood aangelopen. 'Met bussen moet je rijden!' Wild rukte hij met zijn zwarte handjes aan een denkbeeldig stuur.

Papa Pol krabde achter zijn oor en sloeg zijn ogen neer. 'Op dit moment heb ik er niet veel zin in.'

Jackson liet zich op een stoel ploffen. Zijn natte hemd zat strak rond zijn buik.

'Geen zin', kreunde hij. Een poosje zei hij niets meer.

Daarna klonk een kuchje.

Toen hij weer sprak, was zijn stem zacht geworden.

'Vertel me eens hoe het met het kleintje gaat.' Lola spitste haar oren.

'Die maakt het goed', antwoordde Papa Pol.

'Zo mag ik het horen', zei Jackson. 'Dan laat ik je nu verder kniezen.' Met een sprong kwam hij uit de sofa. 'Doe die kleine donder de groeten van me!'

Lola giechelde. Kleine donder, zo noemde hij haar altijd.

'Dat zal ik…' zei Papa Pol. Maar Jackson liep het huis al uit.

'Rijden!' riep hij nog eens en met een klap gooide hij de deur dicht.

Het werd weer stil in huis. Lola sloop op haar tenen de trap terug op. Glimlachend kroop ze in bed.

'Die Jackson', zei ze.

En eindelijk viel ze in slaap.

Een stinkende papa
en een blinkende bus

Lola smeerde een boterham in de keuken, toen de telefoon plots rinkelde.

'*Reizen Pol*', hoorde ze Papa Pol zeggen. Ze liet meteen alles vallen en sloop dichterbij. Aan de andere kant van de lijn klonk een vrouwenstem.

Toen herinnerde Lola zich het telefoontje weer. Ze was helemaal vergeten om Papa Pol erover te vertellen!

Papa Pol opende zijn mond en deed die weer dicht.

'Dat begrijp ik', zei hij. 'Natuurlijk.' Hij zuchtte zonder geluid. 'Tot volgende week.'

Hij klapte de telefoon dicht en noteerde iets in een boekje.

Gespannen keek Lola hem aan.

'Het was de voorzitster van de Seniorenbond.'

'*Seenjorenbond*?'

'Een club voor oudere mensen. En de voorzitster moet alles regelen. Ze belde gisteren ook al.'

'O, *die*', deed Lola luchtig. 'Ze wilde een reisje plannen.'

Even leek Papa Pol te gaan glimlachen. Maar nu zette hij een streng gezicht op.

'Er nam iemand op die haar een druiloor noemde.'

'Die *jou* een druiloor noemde!'

'Excuseer', zei Papa Pol. 'Dat heb ik dan verkeerd begrepen.' Hij had een lachje om zijn mond. 'Daarna werd de telefoon opgehangen, zei de voorzitster.'

Lola haalde haar schouders op.

'Gaat het reisje door? Zaterdag?' Ze wachtte het antwoord niet af. 'Dan kan ik mee!'

'Ja…' Papa Pol staarde naar zijn schoenen. Toen hij weer opkeek, glimlachte hij.

Lola keek door het raam.

'Als de bus schoon is, bellen er vast meer mensen. Om reisjes te boeken.'

Papa Pol keek nu ook door het raam.

'Mijn kleine Lola,' grinnikte hij, 'je hebt gelijk.' En met een brede grijns keek hij haar aan. 'Deze druiloor moet aan het werk.'

Die middag trokken ze samen een grote machine naar buiten. Het ding stond op wieltjes en zat vol water. Ze sleepten borstels, zeep, vodden en emmers aan. En er was

ook een spons op een heel lange stok. Daarmee waste Papa
Pol de ramen.
Ze vulden allebei een emmer aan de kraan. Zo'n volle
emmer was loodzwaar.
'Gelukkig ben ik hier om je te helpen', zei Lola.
Het water klotste en gulpte over de rand. Haar laarzen
liepen vol water.
Ze vulde de emmer nog eens. Nu klotste het water op Papa
Pols broek, en in *zijn* laarzen.

'Pff, nu moet ik *weer* een emmer halen', blies Lola. Haar
broek plakte nat aan haar benen.
'Dat hoeft niet', zei Papa Pol snel. 'Ga jij maar drogen.'
Lola voelde het water in haar laarzen klotsen. Met veel
gerinkel liet ze de emmer vallen.

'Doe ik.'
Ze ging met een boek op de sofa zitten en Papa Pol bracht
haar een grote handdoek.
'Ik maak de klus wel af.' Hij liep naar buiten en keek nog
even achterom. 'Tenminste, als het me lukt, zo helemaal
alleen zonder jouw reuzenhulp!'
Lola keek naar hem door het raam. Hij klom in de bus
en zwoegde met de slang van een enorme stofzuiger. Ze

hoorde het luide zoemende geluid tot binnen en werd er soezerig van. Haar ogen vielen dicht.

Ze schrok wakker toen Papa Pol plots naast haar neerplofte.

'Ik heb dorst', zei hij. 'En honger.' Van onder de handdoek keek Lola hem slaperig aan.

'En zin in friet', zei Papa Pol. Hij was vuil en bezweet.

'Je ruikt naar zweet', geeuwde Lola. 'En naar bus.' Ze duwde de handdoek van zich af. 'Ik wil ook friet!' Ze rekte zich uit en keek door het raam.

Voor het huis, midden in grote plassen water, stond de blauwe bus.

Hij blonk en schitterde als nooit tevoren.

Een, twee, drie... kopjeduikelen!

Op de dag van het uitstapje met de Seniorenbond was het stralend weer.

'Welkom in mijn bus', zei Papa Pol tegen de vrolijke oudjes. Het had een eeuwigheid geduurd tot iedereen een plekje vond. Maar nu zaten ze eindelijk allemaal in hun stoel en ze stootten elkaar vol verwachting aan.

Lola wipte op en neer. Het was een hele tijd geleden dat ze nog een reisje had gemaakt. Voor de gelegenheid had ze haar beste jurk aan. En blinkend nieuwe schoenen.

'Dit is een perfecte dag voor een reisje', zei Papa Pol. De voorzitster duwde haar goudkleurige brilletje op haar neus en kuchte.

'O, natuurlijk...' Papa Pol gaf haar de microfoon.

'Zoals jullie weten, gaan we vandaag naar de Vlindertuin', schalde de voorzitster met een deftige stem. Ze zag er piekfijn uit, met rinkelende armbanden en oorbellen. Haar grijze haar was in een keurige knot gedraaid.

Papa Pol draaide aan het grote stuur en reed de bus de weg op.

'Pardon?' riepen enkele oudjes. 'Een *Vinder*tuin? En wie vindt er dan iets?' Papa Pol zette de microfoon gauw wat luider.

De voorzitster schraapte de keel en ging in het gangpad staan.

'In de vlin-der-tuin', zei ze met getuite rode lippen, 'fladderen honderden kleurige exotische vl…'

'Pie-ie-ie-wie-iep', deed de microfoon.

Alle oudjes bedekten hun oren en trokken pijnlijke grimassen. Papa Pol zette de microfoon weer wat zachter. Onverstoorbaar ging de voorzitster verder.

'Vlinders hebben een langgerekte roltong waarmee ze…'

'Pardon? Excuseer?' klonk het van overal in de bus.

Ha, dacht Lola, nu snap ik het. Ze *horen* niet goed. Daarom zit het woordje *oren* in de naam van die club. Seen-je-*oren*-bond.

'*Wat* voor een tong?' vroeg een man met een pet op.

'Een lang-gerek-te rol-tong, René', zei de voorzitster traag en duidelijk.

Er klonk gefluister en gegiechel.

'Nou, nou', zei René lachend. 'Zo snap ik het wel.'

De voorzitster ging weer zitten en legde de microfoon weg.

34

'Met die roltong zoeken ze in bloemen naar nectar', zei ze tegen Lola, die naast haar zat.

'Roltong', zei Lola.

'Juist!' knikte de voorzitster blij. Onder haar brilletje had ze vriendelijke blauwe ogen. Ze greep de microfoon weer vast en hield die vlak bij haar mond. 'Op naar de Vlindertuin!' riep ze keihard.

'Je hoeft niet zo te schreeuwen!' riepen enkele mensen boos.

'Ja! Daar gaan we!' riepen anderen.

'Kijk es aan, kijk es aan', mompelde een vrouwtje met een gebogen rug. Ze was zo klein dat ze maar net boven het raam uitstak.

De bus bolde lekker voort. Papa Pol zette een plaatje op. Er klonk gelach en gebabbel en de oudjes dronken sloten koffie.

Sommigen zaten stilletjes door het raam naar buiten te turen. Naar het voorbijschuivende landschap.

'Een vlinder zit eerst in een pop', zei de voorzitster tegen Lola.

'Ik heb ook een pop', zei Lola.

'Na een tijd kruipt die eruit en dan slaat hij voor de eerste keer in zijn leven zijn vleugels open.'

'Ik wil ook vleugels', zei Lola.

'Zo is dat.' De voorzitster keek tevreden.

Na een eindje rijden hielden ze halt bij een weiland met houten tafels en bankjes.

'Eerste stop', zei Papa Pol in de microfoon.

'Net op tijd', zuchtte René. 'We hebben dorst!' En met veel gebabbel hobbelde iedereen de bus uit.

Toen Lola haar lunch op had, duikelde ze kopje in het lange gras.

'Kijk die kleine eens', gniffelde René.

'Dat kun jij ook!' riep een ander. 'Kom op, René, hup met die beentjes!'

'Ik breek mijn rug', zei René. Hij keek twijfelend en krabde zich onder zijn pet.

'Die rug van jou kan wel tegen een stootje!'

'Als je er drie na elkaar doet', zei een mager heertje met een strikje, 'dan krijg je een biertje van me.'

'Is dat nu wel een goed idee?' snufte de voorzitster.

Een dame met een grote bos wit haar knipoogde naar Lola. 'Hoe ouder, hoe gekker.'

Intussen stond iedereen al in een grote kring om René heen.

'Kweenie, hoor', zei hij. Hij tuurde naar het hoge gras.

'Wat zijn nou drie koprollen voor een frisse pint', zei het magere heertje.

René haalde diep adem en strekte zijn armen in de lucht.

'Trek je buik in!' riep iemand nog. René strekte zijn armen naar de grond, boog door zijn knieën en begon een koprol.

De voorzitster sloeg een hand voor haar ogen.

'Eén!' riepen ze allemaal.

'Au, oei, hihi', deed René.

'Twee!' klonk het luid.

'Oe, oef', kreunde René. Krakend buitelde hij door het gras.

'Drie!' brulde iedereen in koor.

En er steeg een daverend applaus op.

'Kijk es aan, kijk es aan', zei het vrouwtje met de gebogen rug.

Maar René bleef in het gras zitten.

De voorzitster gluurde door haar vingers.

René zat in het hoge gras met een hand voor zijn mond.

Het magere heertje trok zenuwachtig aan zijn strikje.

'Wil je dat biertje nu meteen?'

René antwoordde niet.

'Gaat het wel, René?' De voorzitster kwam dichterbij en legde een hand op zijn schouder.

'*Haw-wen*', zei René. Hij hield nog altijd zijn hand voor zijn mond en hij keek heel benauwd.

Het magere heertje stak zijn arm in de lucht.

'Weet iemand wat *haw-wen* is?' vroeg hij op bazige toon.

'Here jee!' zei de dame met het witte haar. 'Hij is op
zijn kop gevallen. Nu krijgt hij er geen juiste woorden
meer uit.'

Papa Pol knielde neer in het gras.

'René, haal even je hand weg.'

'*Haw-wen*', zei René nog eens. Hij liet zijn hand zakken,
maar klemde zijn lippen opeen.

'Heb je een vlieg ingeslikt?' vroeg Papa Pol. René schudde
het hoofd.

Toen opende hij zijn mond.

Ze zagen een leeg, roze gat. Er zat geen enkele tand meer in.
De voorzitster slaakte een gilletje.

'Here jee!' zei de dame met het witte haar nog een keer.

'Hij heeft er zijn tanden uitgebuiteld.'

'Humf, humf', zei René. Hij knikte heftig van ja.

Het magere heertje stak zijn arm weer op.

'Wie de tanden vindt, krijgt een biertje!'

En met zijn allen begonnen ze het gebit van René te zoeken.

'Hebbes!' zei een dametje met een grote bril op. Ze stak
een raar, rozig ding in de lucht.

'Dat is een platgetrapt doosje', zei Papa Pol.

'Het is toch roze', snibde het dametje.

Lola vond het hele gedoe geweldig. Iedereen bleef maar
door het gras kruipen.

'Koprollen!' moedigde ze hen aan.

'Genoeg gerold voor vandaag', zei Papa Pol.

'Humf', zei René, en hij lachte zijn tandvlees bloot. Hij leek een beetje op een baby, maar dan een heel oude.

'Misschien is een of ander beest er met je gebit vandoor', zei het magere meneertje. 'Een konijn of zo.'

'Wat moet een konijn nu met tanden?' De voorzitster keek bedenkelijk.

En toen zag Lola het gebit liggen. Midden in het groen.

Ze vond het best akelig om het vast te pakken.

Opgetogen stak ze het omhoog en schudde ermee.

De tanden klepperden.

'Gevonden!' riep ze blij.

Maar in plaats van een pint kreeg ze van iedereen kneepjes in haar wang. Of een aai over haar hoofd.

Volgende keer als ik iets vind, hou ik het voor mezelf, dacht Lola verontwaardigd.

'Wat betekent *haw-wen*?' vroeg het magere meneertje aan René.

Maar de voorzitster klapte in haar handen.

'Als iedereen zijn gebit in heeft, kunnen we dan gaan?' Dat wilde Lola ook wel.

En gelukkig reed Papa Pol in één ruk door naar de Vlindertuin.

De adoptievlinder

De Vlindertuin was prachtig.
Met open mond keek Lola naar al die kleurige,
fladderende beestjes.
'Help! Er zit er eentje op mijn neus!' gilde het magere
meneertje plots.
'Niet bewegen', zei de dame met het witte haar.

'Kijk es aan, kijk es aan', mompelde het kleine gebogen
vrouwtje. Lola zag haar bijna niet lopen tussen alle planten
en struiken.
'Ik vraag me af waarom hij *jouw* neus koos', lachte René.
De vlinder vloog weer weg en René kreeg een boze blik
van het magere heertje.
'Onze vlinders zijn wel wat mensen gewoon', zei de gids.
'Kunt u wat harder praten dan anders?' vroeg de
voorzitster.
'Vlinders hebben een roltong…' begon de gids met

krachtige stem.

René stak zijn beide armen in de lucht.

'Zwijg me *alsjeblieft* van dingen die rollen', zei hij tegen de verbaasde gids. Papa Pol gaf Lola een knipoog.

Maar de tuin en de vlinders waren schitterend.

En 's avonds klom iedereen afgepeigerd en tevreden weer in de bus.

'Wat is het hier warm', zei René. Met een zucht nam hij zijn pet af.

Iedereen staarde hem verbijsterd aan… 'Je hoofd', stamelde de dame met het witte haar.

'Ik weet het', gniffelde René. 'Zonder pet ben ik *nog* knapper.'

42

'Er zit een vlinder op je hoofd', zei het magere meneertje.

'Nee toch', kreunde de voorzitster. 'We moeten iets doen. Meteen!' Maar ze bleef gewoon staan. Niemand verroerde een vin.

'Heeft iemand een spiegel?' zei René, zonder zijn hoofd te bewegen.

De dame met het witte haar grabbelde in haar tas en dook een zakspiegeltje op.

Met een zucht bekeek René zichzelf in het spiegeltje.

'Wat een mooi beestje.'

'De vlindertuin is gesloten', zei de voorzitster nuchter.

'Als we de vlinder hier loslaten, raakt hij kwijt.' Ze keek vertwijfeld om zich heen.

'Hebt u een tuin?' vroeg Papa Pol.

Ze knikte.

'Dan is daar vast wel een plekje voor een mooie vlinder', zei Papa Pol en hij ging weer achter het stuur zitten.

'Is dat geen diefstal?' vroeg ze aarzelend. Maar René toonde een stralende glimlach, deze keer gelukkig mét tanden in zijn mond.

'Schat', zei hij, 'dat is geen diefstal. Dat is gewoon een *adoptievlinder*.'

De voorzitster ging weer zitten.

'Hoorde je dat nou', zei ze giechelend tegen Lola.

'Hij noemde me schat.'

De hele rit bleef de vlinder op Renés hoofd zitten.

'Dat beest lijkt wel gek', zei het magere meneertje.

'Je bent gewoon jaloers', lachte René, 'omdat die op jouw neus het niet zo lang volhield.' Het meneertje gaf een nijdige ruk aan zijn strikje en zei niets meer, de hele weg lang.

Lola's busje

Op haar achtste verjaardag begon Lola de dag met een
ontbijt van koekjestaart.

Papa Pol had haar stoel versierd en er lag een cadeautje
bij haar bord.

Lola frommelde het inpakpapier er gauw af.

'Een boek!'

Maar Papa Pol schudde het hoofd. Het was een schrift.

En niet zomaar een schrift.

Het had een blinkende zilveren kaft en de bladzijden
waren van glanzend dik papier. In de bovenhoek van elk
blad was een zilveren vogeltje getekend.

Lola vond het prachtig.

'Dit is een echt *meeneemschrift*', glunderde ze.

'Net acht', zei Papa Pol. 'En nu al dure woorden.'

'Handig', zei Lola. 'Een meeneemschrift.' Ze duwde haar
vinger in de taart.

Op haar verjaardag mocht alles.

'Als jij het zegt', zei Papa Pol. 'En er is nog iets.'

'Nog een cadeau?'

'De voorzitster belde me gisteren', zei Papa Pol. 'Die vlinder is er nog altijd.'

'De adoptievlinder van op Renés hoofd?' Papa Pol knikte. 'Hij heeft nu zijn eigen kleine vlindertuin. Daarom is er een feestje.'

'Gaan we?'

'Je bent jarig', aarzelde Papa Pol.

'Dan heb ik een dubbel feest!' lachte Lola.

Met haar schrift onder de arm en haar hand in die van Papa Pol vertrok Lola naar het feest.

Ze had de voorzitster intussen wel vaker gezien. Ze was zo'n beetje een extra oma voor haar geworden en dus noemde Lola haar 'Oma Extra'. Toen ze voor de deur stonden, hoorden ze veel stemmen in het huis.

Na drie keer bellen, klonken er eindelijk voetstappen op de gang.

'Kom erin', zei Oma Extra. Ze zag er weer piekfijn uit.

Binnen zaten alle leden van de Seniorenbond druk te tateren. Ze nipten van drankjes en aten taart en toastjes met krab.

René was er ook. Hij had een nieuwe pet op en vulde

ijverig de glazen bij.

Op het tafeltje met de hapjes lag ook een cadeautje. Dat had Lola meteen gezien. Stiekem gluurde ze ernaar.

'Maak maar open', zei Oma Extra. 'Speciaal voor meisjes van acht.'

Er zat een wit shirt in het pakje.

'O', zei Lola beleefd. 'Dank je wel.'

Oma Extra's ogen twinkelden achter haar bril.

'Het wordt pas leuk als je het aantrekt.'

Lola vouwde het truitje open. Haar ogen werden groot van verbazing. Op de rug zaten twee glanzende witte vleugels.

'Gaaf!'

Voorzichtig wriemelde ze zich in het shirt. Er hing een touwtje op haar buik en toen ze eraan trok, klapten de vleugels open en dicht. Blij keek ze Oma Extra aan.

'Dank je wel!'

Ook Papa Pol was onder de indruk. 'Knap, hoor.'

'Voor *mijn* verjaardag', zei René, 'wil ik een flanellen hemd met vleugels.'

'Dat kan', giechelde Oma Extra.

'Mag ik nu mijn vlinder zien?' vroeg René.

'Juist', stamelde Oma Extra verstrooid. 'Daarvoor komen jullie natuurlijk.'

Met zijn allen liepen ze de tuin in. Ze bewonderden de

rotsen en de fonteintjes, de struiken, de planten en de kleurige bloemen. Enkele vlinders fladderden in het rond.

'Kijk es aan, kijk es aan', mompelde het gebogen vrouwtje.

'Het lijkt natuurlijk niet op de echte vlindertuin', zei het magere meneertje.

'Prachtig', zei Papa Pol. 'Het is gewoon prachtig.'

'Erg *romantisch*!' zei René.

Oma Extra kreeg een blosje op haar wangen. Ze wilde iets zeggen, maar de deurbel ging.

'Zal ik opendoen?' Lola fladderde al naar de gang.

Tot haar verbazing stond hun vriend Jackson voor de deur.

'Goeiendag, vlinder! Is hier soms een meisje dat Lola heet?'

Lola giechelde.

'Ik kan het wel even vragen.'

'Het zit namelijk zo', zei Jackson ernstig. 'Ik heb een verrassing voor die kleine donder.'

'Zien!' Lola trok hem bij zijn mouw naar binnen.

Papa Pol stelde Jackson aan iedereen voor.

'Welkom', zei Oma Extra hartelijk. Ze leek in haar nopjes met nog meer bezoek. 'Neem een stuk taart.'

Lola keek hun vriend smekend aan. Hij had niets in zijn handen. 'Zit het in je jas?'

'Buiten, op straat.' Hij keek heel geheimzinnig.

Lola stormde het huis weer uit. Papa Pol en Jackson
volgden haar op de voet, met een stuk taart in de hand.

In de verte stond iets kleurrijks op de stoep.
Lola liep er gauw heen.
'Wow!' Ongelovig keek ze van het cadeau naar Jackson.
Die beet in zijn stuk taart en grijnsde breed.
Het was een busje.
Net echt, maar dan in het klein.
Het had vier stevige wielen, raampjes voor- en achteraan,
een deurtje met een handvat en pedalen om vooruit te
komen. Op de neus zaten twee koplampen. Lola herkende
spullen van auto's uit Jacksons garage.
Ze ging in het busje zitten, draaide aan het grote stuur en
duwde op de knopjes.
'De koplampen gaan aan en uit', zei Papa Pol verbaasd.
Lola deed het nog een keer.
'Wow', zei ze, heel stilletjes nu.
Zo'n cadeau had ze nog nooit gezien.
Ze klom uit het busje en knuffelde Jackson tot hij ervan
bloosde.
'Dit is dus', kuchte Papa Pol plechtig, 'een *smak* van een
geschenk.'
'Niet overdrijven', zei Jackson luid. Met een zwarte knuist

wreef hij een traan uit zijn oog. Jackson kreeg op de gekste momenten tranen in de ogen.

Lola klauterde weer in haar busje en trapte op de pedalen. Naast het stuur had ze een toeter ontdekt. Die werkte echt en toen ze erop drukte, klonk het loeihard door de hele buurt.

Papa Pol bedekte zijn oren.

'Een echte claxon', zei Jackson. Trots stak hij zijn neus in de lucht. 'Niet zo'n speelgoeddingetje.'

'Geniaal, Jackson', lachte Papa Pol. 'Maar je bent en blijft een lawaaimaker.'

Zeven muggen op je rug

Lola was verzot op haar eigen busje met de koplampen en de toeter.

Elke dag maakte ze reisjes in de tuin.

Het liefst reed ze naar zee, met haar poppen en knuffels achterin als heuse reizigers. Twee zandbergen waren de duinen, het tuinhuisje was een wegrestaurant. Daar aten ze echte broodjes.

'Leuke reizen maak jij.' Papa Pol ging op een zandberg zitten. 'Wil je nog wel met mij mee?' Dat vond Lola flauw.

'Natuurlijk! Voor de microfoon. Die heb ik niet in mijn bus.'

'Alleen daarvoor?' Papa Pol keek overdreven zielig.

Lola gaf hem een duw.

'En voor jouw reizen. Maar…' Ze sloeg haar armen over elkaar en keek hem streng aan. 'Je gebruikt de microfoon te weinig.'

'Ik kan toch niet de hele tijd in dat ding zitten praten.' Papa

Pol liet wat zand door zijn vingers glijden. 'Soms willen reizigers niets aan hun hoofd. Ze willen rustig door het raam kijken.'

Lola haalde haar neus op.

'Je moet niet alleen *praten*', zei ze afkeurend.

'Wat moet ik dan?'

'Liedjes zingen!'

'Ik leg toch plaatjes op.'

'Ik heb een *buslied*.' Lola trappelde ongeduldig met haar voeten. Dat lied had ze 's avonds in bed verzonnen.

'Moet *ik* zingen?' Papa Pol tikte met zijn wijsvinger tegen zijn voorhoofd. 'In de *microfoon*?'

'Dat doe ik wel', suste Lola. 'Horen?' Zonder zijn antwoord af te wachten, ging ze boven op de zandberg staan en begon luidkeels te zingen.

'De bus rijdt in een lus.
De bus rijdt in een lus.
Van huis naar zee naar huis terug.
Een mug landt op je rug...'

Ze hield abrupt op.

'Die mug is voor het rijm.' Aarzelend keek ze naar Papa Pol. 'Er kan best een mug op je rug zitten in de bus.'

'Dat is waar', zei Lola tevreden. En ze ging verder.

'We gaan naar links, we gaan naar rechts.
We stoppen honderd keer…'

'Ik weet niet of…' zei Papa Pol. Maar Lola zong gewoon
verder.

'We stoppen hier, we stoppen daar.
Een vlinder op je haar…'

'En nu komt het', zei Lola ernstig. 'Als je het liedje twee
keer zingt, verandert het. Het wordt *twee* muggen op je
rug.'
'Wat een goed idee', zei Papa Pol.
'De derde keer zing je *drie* muggen op je rug.'
'Goed idee.'
'De vierde keer…'
'Elke keer eentje erbij', zei Papa Pol gauw.
'Juist!' Lola knikte trots.
'En het kan ook met de vlinders', zei Papa Pol. '*Twee*
vlinders op je haar. *Drie* vlinders op…'
'Telkens eentje erbij', zei Lola gauw. Maar ze vond het wel
goed bedacht.

Ze gingen meteen oefenen.

Het buslied was een heel eigenaardig wijsje. Het ging van heel hoog naar heel laag en dan weer terug. En elke keer veranderde de melodie.

Toen Oma Extra nog een keertje langskwam, wilde Lola het graag voor haar zingen.

Ze had het hele lied netjes opgeschreven. Ze zong het luid en duidelijk, tot zeven muggen toe.

'Mooi', zei Oma Extra gemeend.

'Hou je van tellen?'

Oma Extra dacht even na.

'Toch wel.'

'En je houdt van zingen?'

'Toch wel', knikte Oma Extra.

'Dan krijg je het liedje van mij cadeau', zei Lola. En ze zong het nog eens voor.

Maar Oma Extra kon de vreemde melodie maar niet onder de knie krijgen.

'Geeft niets', zei Lola. 'Het is *jouw* cadeau. Je kunt het zingen zoals je wilt.'

Daar was Oma Extra het helemaal mee eens.

'Zo is dat', zei ze. 'Niet iedereen heeft een eigen lied.' En ze keek reuzetrots.

Lola staakt!

Lola hield van woorden. Het meest hield ze van eigenaardige, lange woorden. Ze besloot ze te verzamelen in haar zilveren meeneemschrift.
Op de kaft moest een titel komen. *Schrift voor lange woorden van Lola*, was een goede titel.
Nee, dacht Lola. Ik wil er ook de tekst van het buslied in! Dus schreef ze:

Schrift voor lange woorden, liedjes en andere dingen van Lola

Het allerbeste woord bedacht ze op een middag in de klas.
Meteen na school stormde ze de keuken binnen. Papa Pol mixte tomatensoep in een enorme pot. Zijn schort zat vol rode vlekken. Hij keek verschrikt op, de mixer gleed uit zijn handen en plonsde in de soep.

'Wat is het beroep van Oma Extra?' vroeg Lola hijgend.
Ze trok alvast een triomfantelijk gezicht.

'Jij ook een goeiemiddag', zei Papa Pol. Er zat tomaat op
zijn neus. 'Hoe ging het vandaag?'
'Best.' Lola keek hem aan met de handen in de zij.
'Dat zegt niet bijster veel.' Papa Pol probeerde de mixer uit
de soep te vissen.
'Se-ni-o-ren-bond-voor-zit-ster!' gilde Lola. 'Die is echt lang!'
Met het puntje van haar tong uit haar mond pende ze haar
nieuwe vondst in het meeneemschrift.
De telefoon rinkelde en Papa Pol veegde zijn handen aan
zijn schort af.
'Dag Kolonel', zei hij vriendelijk in de hoorn. 'Natuurlijk
ben ik jullie reis niet vergeten.'
Aan de andere kant van de lijn klonken enthousiaste
kreetjes.
'Een verrassing', humde Papa Pol. Lola spitste haar oren.
'Dat komt in orde. Tot volgende week.'
'Kolonel?' Lola kwam nieuwsgierig bij hem staan.
'De baas van de brandweer.'
'Verrassing?'
'Een *verrassingsreis…*' Lola opende haar mond al voor de
volgende vraag, maar Papa Pol was haar voor.

'*Ik* weet natuurlijk wel waar we naartoe gaan. Dat heb ik met Kolonel Theo afgesproken.' Hij keek zelfingenomen, maar Lola vond zijn bijdehante antwoord flauw.

Alsof zij hier niets mee te maken had! En ze was nog wel gek op de brandweer en op de rode wagens en blinkende helmen. En op verrassingen was ze *helemaal* gek.

Ze zweeg en liep Papa Pol achterna. Hij graaide met zijn hand in de pot soep, op zoek naar de mixer.

Lola haalde diep adem.

'Ik wil mee.'

'We gaan op een schooldag.' Papa Pols arm zat bijna tot aan de elleboog in de tomatensoep.

'Dat weet ik wel.'

'Als je…'

'Een verrassingsreis', onderbrak Lola hem. 'Met de brandweer.' Haar ogen fonkelden.

'O nee, daar komt niets van terecht.' Papa Pol keek haar streng aan. De mixer gleed weer in de soeppot. 'Getver!' Met een frons viste Papa Pol hem eruit. 'Nu moet je eens goed naar me luisteren, Lola. De afspraak was dat je mee mag op vrije dagen. Dit reisje valt op een schooldag. Klaar.'

Maar Lola was niet klaar met Papa Pol. Ze was vast van plan voet bij stuk te houden.

Die avond zat ze in haar kamer aan haar tafeltje bij het raam en dacht na.

Op de radio had ze gehoord over *stakingen*. De *stakers* waren mensen die niet akkoord gingen. Al wist Lola niet precies waarmee ze het niet eens waren. In elk geval stopten ze met werken.

In grote megafoons brulden ze dingen die rijmden. Ze schreven het ook soms op borden, had Papa Pol haar verteld. Die zeulden ze in het rond. Daar gingen ze mee door tot ze hun zin kregen. *Pancarten*, heetten zulke borden. Lola vond het een leuk woord.

Ze beet op het topje van haar potlood en staarde peinzend uit het raam. 'Even denken', zei ze bij zichzelf. Ze grabbelde wat stiften en papier bijeen. 'Wat rijmt er op *brandweer*?' Met het puntje van haar tong uit de mond ging ze aan het werk.

Bij het ontbijt leek Papa Pol de hele verrassingsreis alweer vergeten te zijn.

'Brood of granen?' vroeg hij. Lola stak een stuk karton omhoog.

WEL BRANWEER! stond erop.

'Brand-weer', zei Papa Pol. 'Met de letter d.'

Lola stak haar neus in de lucht.

'Het is een pancarte.'

'Als jij het zegt', zuchtte Papa Pol.

'Ik ben in staking!' Lola keek hem ernstig aan. Ze was niet zeker dat hij het begrepen had.

Papa Pol wreef met een hand over zijn ogen.

Lola nam een hap van haar boterham. Soms was Papa Pols humeur 's morgens niet al te best.

'Je bent toch niet in *hongerstaking*?' vroeg hij streng.

Lola slikte de hap brood door.

Ze snapte er niets van. Ze had gedacht dat hij verbaasd zou zijn. Dat ze zouden gaan *onderhandelen*. Zoals op de radio. Om te beslissen wie gelijk kreeg.

'Wil je nog een boterham?' vroeg Papa Pol.

Lola rechtte haar schouders.

'Ik wil de brandweer.'

'Dan ben je klaar voor school', zei Papa Pol.

Maar Lola was een doorzetter.

Die avond maakte ze nog meer pancarten. Op één ervan schreef ze: RECHT OP REIZEN! Die vond ze de allerbeste. Ze snapte het niet helemaal, maar het klonk belangrijk.

De volgende middag na school stond Papa Pol in de tuin naar de bloemen te kijken.

'Die zien er goed uit', zei hij monter. Hij neuriede een liedje van een van de plaatjes in de bus. 'Haal je de gieter even voor me?'

'Brandweer', antwoordde Lola traag en duidelijk.

Met een ruk draaide Papa Pol zich om.

'Die staking van jou hangt me de keel uit, Lola!' Het klonk of hij het meende.

Met ferme passen liep hij naar binnen en hij ging met een boek in de sofa zitten.

Papa Pol was vaak in dikke boeken verdiept. Alleen keek hij daar normaal wel wat vrolijker bij.

Lola zuchtte.

'Het moet', zei ze bij zichzelf.

Ze liep de woonkamer in en vlak voor zijn neus begon ze
heen en weer te marcheren. Papa Pols blik werd donker.
Heen en weer stapte Lola met haar pancarte.
RECHT OP REIZEN!
Toen werd zijn blik echt pikdonker.
Tijd om ermee op te houden, dacht Lola wijselijk. Ze ging
in de garage de gieter halen.
'Kijk', zei ze vriendelijk. 'De gieter.' Ze zette het ding naast
zijn voeten neer. Toen klauterde ze bij hem in de sofa.

Ze schoof wat dichterbij. En nog een stukje. En nog een stukje. Tot ze bijna op zijn schoot zat.

'Je zit op mijn boek', bromde Papa Pol.

'Pardon', zei Lola.

'Kleine stijfkop', zuchtte Papa Pol. Maar hij zag er niet meer zo boos uit.

Natuurlijk staakte Lola niet aan één stuk door. Daar had ze de tijd niet voor. Ze moest tenslotte ook nog naar school.

En ook Papa Pol was een stijfkop. Hoe moedig Lola ook staakte, hij bleef een lastige tegenstander.

De volgende dag marcheerde Lola weer door het huis.

'Ik wil mee! Mee wil ik!' dreunde ze. Op haar hoofd had ze een emmer en om haar nek een lange, rode sjaal. Om indruk te maken. Ze hield het *Recht op Reizen*-bord omhoog. Papa Pol stak zijn hoofd om de hoek van de woonkamer en liet een blad papier zien. Hij had zelf ook een pancarte gemaakt!

'*Ik* was aan het staken.' Lola keek hem nijdig aan.

'Ik staak gewoon terug', zei Papa Pol.

Op zijn pamflet stond:

Vaders Verbieden Verzuim!

Lola snapte niet wat dat betekende. Maar ze viel nog liever

dood dan het te vragen. Ze snapte ook niet waarom hij
stond te giechelen. Staken was een ernstige bedoening.

'*Verzuim* betekent "ergens niet naartoe gaan"', zei Papa Pol.
'Naar school, in jouw geval.'

'Weet ik toch', snoefde Lola. Ze werd ineens een beetje
moedeloos. En daarna boos.

Ze ging voor het huis op het voetpad met haar busje
rijden. Driftig trapte ze op de pedalen.

Even later kwam ze weer naar binnen gestampt. De deur

viel met een klap achter haar dicht.

'Parkeer je je bus wel meer opzij?' vroeg Papa Pol kalmpjes.

'Zeg me dan waar jullie naartoe gaan!'

'Ik beschik over het recht op zwijgen.' Hij stond alweer te gniffelen.

Lola was nu echt spinnijdig.

Ze stampte de trap op naar haar kamer, kroop met schoenen en al in bed en trok de deken over haar hoofd.

Voorwielaandrijfdinges

'Boem!' klonk het ineens op straat, gevolgd door een doordringend, schurend geluid. Lola stak haar hoofd verschrikt boven de deken. In twee tellen stond ze weer beneden.

'Wat was dat?' vroeg ze aan Papa Pol. Maar nog voor hij kon antwoorden, hoorden ze plots de motor van een auto loeien. Een mannenstem vloekte en riep luide verwensingen.

Papa Pol beende naar de voordeur en haastig liep Lola hem achterna. Ze zagen nog net hoe een knalgele sportkar wegscheurde. Met gierende banden verdween de wagen om de hoek van de straat.

Toen pas zagen ze Lola's busje! Dat had ze daarnet op de stoep laten staan, dicht bij de weg…

Op zijn zij gekanteld lag het busje tegen het tuinhek en de heg. Er zat een flinke deuk in de zijkant en één raampje was gebroken. Het deurtje hing treurig uit zijn hengsels, een koplamp was in de goot gerold.

'Mijn bus…' Lola raapte de lamp op. Ze voelde hoe de tranen kwamen en deed hard haar best om niet te huilen.

'Sommige auto's gaan veel te snel.' Papa Pol duwde tegen het kapotte deurtje. 'Niet huilen, Lola.' Zijn stem klonk kalm en hij probeerde een scheve glimlach. 'We bellen gewoon onze vriend Jackson.' Hij haalde zijn schouders op. 'Zo weer gefikst, je bus!'

Lola keek naar de koplamp in haar handen.

'Hij wordt vast boos.'

'Jackson?' Papa Pol trok verbaasd de wenkbrauwen op.

Lola ging op de stoep zitten met haar hoofd tussen haar handen.

'Ik heb de bus niet goed weggezet.' Een paar tranen drupten op haar schoenen.

'Jij was nu eenmaal in staking', zei Papa Pol. 'Dat begrijpt hij heus wel.'

'Ik wil niet meer staken.' Lola krabbelde overeind en schopte een paar keer tegen de stoeprand.

'Dan houden we ermee op.'

'Kan dat zomaar?'

Papa Pol legde zijn hand op zijn borstkas.

'Ik, Papa Pol,' zei hij ernstig, 'beloof hierbij plechtig dat ik zal ophouden met staken.'

Lola zuchtte een keer heel diep.

Ze legde haar hand op haar borstkas en keek net zo statig als Papa Pol.

'Ik, Lola, beloof dat ik ophoud met staken.'

En toen liepen ze samen het huis in om Jackson te bellen.

Vijf minuten later kwam hun vriend toeterend aangereden.

Lola en Papa Pol stonden hem bij het tuinhek op te wachten.

Behendig parkeerde Jackson zijn takelwagen voor de deur.

Vlak bij het huis stond de verfomfaaide bus.

'Er is iemand op ingereden', legde Papa Pol uit.

'Ik zet hem anders altijd weg', zei Lola haastig. 'Altijd. Maar nu was ik in staking.'

'Nietsnutten', gromde Jackson. Nijdig wreef hij over de ingedeukte deur. Lola's ogen werden groot. 'Stelletje dwazen!' Lola hield haar adem in.

'Wie rijdt nu op zo'n bus in!' riep Jackson. 'Wat een sukkel!'

Opgelucht kneep Lola in Papa Pols hand.

'Een supersnelle auto', ratelde ze opgewonden. 'Een *knal*gele.'

'En doodleuk wegrijden?!' brulde Jackson.

'Doodleuk!' deed Lola hem na.

'Sukkel!' riep Jackson.

'Sukkel!' riep Lola.

Jackson draaide kwaaie rondjes om de bus, Lola volgde hem op de voet.

'Ik zie het al', kuchte Papa Pol. 'Jullie komen er wel uit.'

Jackson en Lola liepen samen rondjes.

'Ga jij maar naar binnen', wapperde Jackson Papa Pol weg. 'Dit soort technische zaken lossen wij wel op!'

'Dat lossen wij wel op!' wapperde Lola.

Mompelend verdween Papa Pol in huis.

'De *voorwielaandrijfdinges*', zei Lola plots. Dat had ze Jackson eens horen zeggen. Het woord stond in haar schrift.

'Wat?' Jackson krabde zich achter het oor.

'Voorwielaandrijfdinges', probeerde Lola nog een keer, opeens een beetje verlegen. 'Ik hou van lange woorden…'

'Lange woorden?' Jackson lachte. 'Dan moet je garagist worden!'

Hij gooide zich languit op de grond naast de bus en keek eronder.

'Ik zie het al', kreunde hij. 'Wat dan?' Lola kwam naast hem liggen. Ze zag niets.

'Licht afwijkende *stuurwielas*.' Jackson keek ernstig.

'Stuurwielas', zei Lola aandachtig.

'Even kijken', mompelde Jackson. 'Welke woorden nog? Ik bedoel, wat is er nog meer kapot?' Hij stond op en liep nog eens om de bus heen. 'De *verluchtingsventielen* zijn het niet.'

'De v… ventielen', stotterde Lola.

'Want deze bus heeft geen *verluchtingssysteem*!' zei Jackson traag en duidelijk.

'Opgelet!' Hij stak een waarschuwende zwarte vinger in de lucht. 'De *voorwielaandrijvingsklep* is ook niet stuk!' Hij stroopte een vuile mouw op. 'Heeft dit karretje ook al niet!'

'Voorwielaandrijvingsklep', herhaalde Lola verrukt. Ze proefde het woord in haar mond. 'Nog?'

Jackson zat nu op handen en voeten met zijn neus vlak bij de bus. Hij schraapte gewichtig zijn keel.

'Verder ziet het *lampontstekingsmechanisme* er niet te best uit.' Hij krabbelde overeind en klopte een beetje stof van zijn pikzwarte broek.

'Niet te best', zei Lola met grote ogen.

'Naar de vaantjes!' riep Jackson vrolijk. 'Vervangen die boel!'

'Vervangen!' lachte Lola.

Het was tijd om verslag uit te brengen bij Papa Pol. Hij was weer eens in een boek verdiept.

Met een smak gooide Lola de deur open. Papa Pol liet zijn boek zakken.

'Het *lampion-steek-mekanies* is naar de vaantjes!'

'Klopt', knikte Jackson. 'Moet ik fiksen. En de stuurwielas krijg ik ook weer in orde.'

'Nog een geluk!' riep Lola. Ze haalde diep adem. 'Van de *voorwielaandrijverklep*.' Er kwam een frons in haar voorhoofd. 'Dat de bus die *niet* heeft!'

'Klopt.' Jackson knikte weer.

Papa Pol zat hen verbijsterd aan te kijken.

'Betekent dit dat je de bus kunt maken?'

Moedeloos haalde Jackson zijn schouders op.

'Die vader van je', zei hij tegen Lola. 'Hij wil maar niet begrijpen dat techniek een mooi ding is.' Maar Lola was al driftig in haar langewoordenschrift aan het pennen.

'Nou, kleine donder', zei Jackson tegen haar, 'als je er niet uit komt, dan hoor ik het nog. Maar nu stap ik eens op.' Bij de deur draaide hij zich om. 'De bus neem ik mee voor herstel!'

Hij maakte het busje boven op de grote takelwagen vast en Lola en Papa Pol wuifden hem uit.

Met drie oorverdovende uithalen van de toeter reed Jackson weg.

Vriendelijke groeten van Juf Pia

Bij de voordeur vond Lola de rode sjaal en de emmer die als helm gediend had.

Papa Pol ging op de drempel zitten.

'Spijtig.' Lola staarde peinzend naar de sjaal in haar hand.

'Van de staking.' Ze kreeg een dromerige blik in de ogen.

'*Brandweerverrassingsreis* was een leuk woord.'

Met de emmer op haar hoofd ging ze naast Papa Pol zitten.

'Het wordt vast een leuk reisje.'

Papa Pol keek haar even aan.

'Je hebt wel karakter, dat moet ik je nageven. Heb je van je moeder.'

Als Papa Pol het over Lola's moeder had, keek hij altijd treurig. Heel even maar. Toch had Lola het gemerkt.

Een moment later twinkelden er alweer lichtjes in zijn ogen.

'Ik heb een idee', zei hij. 'Als we nu eens een briefje schreven voor school?'

'Voor Juf Pia?'

'Voor je juf', knikte hij. 'Om te vragen of je een dag vrij kunt krijgen.'

De emmer viel van Lola's hoofd en rolde over het tuinpad.

'Voor de verrassingsreis', vulde Papa Pol aan. Maar dat had Lola al begrepen. Haar wangen begonnen te gloeien.

Papa Pol nam de sjaal en draaide die een paar keer om Lola's nek.

'Wat een goed idee!' glimlachte Lola. Ze trok de sjaal los en kroop dicht tegen hem aan. Zo bleven ze een tijdje samen op de drempel zitten.

Soms was Papa Pol een lastige tegenstander, dacht Lola. Bij een staking bijvoorbeeld. Maar verder was hij de béste vader die je kon bedenken.

Papa Pol schreef een paar zinnen voor Juf Pia.

'Saai.' Lola schudde het hoofd. 'Zo krijg ik nooit een dag vrij.'

Hij had er wel een paar moeilijke en plechtige woorden in gezet. Die kon ze nog gebruiken.

Ze nam een nieuw vel papier.

Beste Juf Pia,

Lola wil volgende week een dagje vrij nemen.
Hoewel Lola en ik school iets heel goeds vinden.
Ze is niet in staking of zo. School vinden wij een
allerbeste uitvinding. Maar soms kan een mens
niet doen wat hij moet doen en ook nog naar
school gaan. De brandweermannen maken
volgende week namelijk hun jaarlijkse uitstapje.
Dat brengt altijd heisa met zich mee. En dan
heb ik Lola nodig. Bovendien steekt ze er veel
van op. Als je dat wilt, kan ik vragen of de
brandweer eens naar de klas komt. Zou dat niet
leuk zijn? Ik bedoel leerrijk? Dan vraag ik dat
ze speesjaal geen heisa maken.

Groeten, Pol (de vader van Lola)

Een dag later kreeg ze een briefje mee terug.

Beste Pol,

Een dagje vrijaf kan geen kwaad voor Lola.
Zeker niet als ze er iets van opsteekt. Maar het mag
ook gewoon leuk zijn.
Brandweermannen in de klas, dat lijkt mij heel leerrijk.
Veel succes met de heisa en prettige reis.

Vriendelijke groeten,

Juf Pia

'Vriendelijke groeten', mompelde Papa Pol verbouwereerd, toen hij het briefje had gelezen.

Lola griste het meteen weer uit zijn handen. Die bleven in de lucht hangen.

'Vrijaf kan geen kwaad!' gilde ze. En ze ging alvast haar reistas inpakken.

Kolonel Theo

Het was nog vroeg in de morgen toen Papa Pol en
Lola naar de brandweerkazerne reden. Een van de
brandweermannen stond al van ver te zwaaien.
'Dat is kolonel Theo', zei Papa Pol, terwijl hij de bus
parkeerde. 'Het hoofd van de brandweer.'
'Ze hebben *allemaal* een hoofd', zei Lola wijsneuzig.
De kolonel kwam met springerige pasjes aanlopen. Hij had
een zilverkleurig hemd aan en sneeuwwitte schoenen. Zijn
glimmende haar was naar achteren gekamd.
'Dag schat', kirde hij tegen Papa Pol. 'Je ziet er weer
stralend uit.' Hij gaf Papa Pol een kneepje in zijn arm.
'Dank je wel', zei Papa Pol.
Kolonel Theo slaakte een gilletje.
'Jeminee!' Hij sloeg zijn handen voor zijn ogen. 'Wat ben
jij *groot* geworden, Lola. Kijk die jurk nou!' Hij klapte
enthousiast in zijn handen.
'Waarom heb jij geen helm op?' Lola keek teleurgesteld

naar hem op. 'En waarom draag je geen glimmend brandweerpak?'

'Ik dacht zo', kuchte Kolonel Theo, 'dat het voor een uitstapje wat nonchalanter mocht.' Hij streek de plooien van zijn zilverkleurige hemd glad. 'Toch?'

Lola begreep het niet helemaal, maar ze kreeg de kans niet om nog meer te vragen. Met veel lawaai kwamen de andere brandweermannen op de bus af gelopen. Ze lachten en brulden en mepten elkaar op de schouder. Kolonel Theo fladderde tussen hen door.

'Spannend,' giechelde hij, 'zo'n verrassingsreis.' De brandweermannen mepten nu op zijn schouder.

'Is iedereen er?' vroeg Kolonel Theo. 'Dan kunnen we vertrekken.'

De brandweermannen grinnikten en stompten elkaar en klommen de bus in. Er kwamen nog meer schouderkloppen, deze keer voor Papa Pol. Lola kreeg van iedere brandweerman een stevige handdruk. Behalve van één.

Hij had een hangsnor en keek haar met priemende oogjes aan.

'Dag Jos', zei Papa Pol. Maar brandweerman Jos antwoordde niet. Hij keek dodelijk verveeld.

'Wil hij wel mee?' vroeg Lola.

'Dat vraag ik me ook altijd af', zuchtte Papa Pol.

'Wat een rotweer voor een uitstap', hoorden ze Jos zeggen. Met een frons keek hij naar de blauwe hemel. 'Met zo'n hitte blijf ik liever thuis.'

'Goed idee', mompelde Papa Pol. Jos trok een wenkbrauw op en liep het gangpad in. Hij zocht een plek uit waar nog niemand zat. Zijn tas legde hij in het rekje boven zijn hoofd. Uit zijn vest haalde hij een keurig gevouwen, smetteloos witte zakdoek. Nijdig begon hij daarmee over de stoel te wrijven.

'Nou, nou, Jos', zei Kolonel Theo. 'De bus is echt brandschoon, hoor. Daar heeft onze chauffeur wel voor gezorgd.' Hij knipoogde naar Lola.

'Ik heb hem geholpen', zei ze. Ze vond Kolonel Theo wel aardig.

'Een moord', zei hij. Hij sloeg de ogen ten hemel. 'Een moord zou ik begaan voor zo'n dochter.'

'Kunnen we, mannen?' riep Papa Pol.

'Gas geven!' brulden er een paar terug.

'Trap hem op zijn staart, Pol!' riep iemand.

'We zijn klaar voor de eerste stop!' brulde een ander.

De brandweermannen schuddebuikten van het lachen. Ze leken een beetje op Vikingen die Lola in een boek had gezien. Kolonel Theo kwam voorin naast haar zitten.

'Niets van aantrekken. Het zijn lawaaierige kerels. Maar hier', hij sloeg zich op de borst, 'zit het helemaal goed. Het zijn opperbeste jongens.'

Ondertussen bolde de blauwe bus met een flinke vaart voort. 'Het is een verrassingsreis, schat', zei Kolonel Theo tegen Papa Pol. 'We hoeven niet ook nog eens speciale ommetjes van jou, hoor.' Hij giechelde achter zijn hand. 'Rij jij nou maar gewoon naar de afgesproken plek.'

Papa Pol mompelde iets onverstaanbaars.

'Zal ik hen het buslied aanleren?' Lola gaf hem een enthousiaste por.

'Denk je…' begon Papa Pol.

'Geinig', gniffelde Kolonel Theo. Hij pakte de microfoon en duwde die onder Lola's neus. 'Laat maar horen!'

Lola nam er gauw haar schrift bij. Ze zong het twee keer uit volle borst voor. Vijf minuten later brulden alle brandweermannen het buslied. Allemaal, behalve Jos. Maar daar had niemand last van.

'*De bus rijdt in een lus.*
De bus rijdt in een lus.
Van huis naar zee naar huis terug.
Een mug landt op je rug…'

Ze zongen allemaal zo'n beetje op hun eigen manier. Het klonk heel bizar en vooral ook loeihard. Lola vond het prachtig.

Alleen Jos hield de lippen stijf opeen.

'Zijn we er bijna?' bromde hij geërgerd.

Toen ze bij 'vijf muggen op je rug' waren, nam Kolonel Theo de microfoon over.

'Tijd voor een stop', zei hij geheimzinnig. 'We gaan lunchen.'

'Waar is het restaurant, Kolonel?' riepen de brandweermannen. 'Hier is niets te zien!'

Kolonel Theo lachte raadselachtig.

'We gaan niet eten in een wegrestaurant', snoefde hij. 'Dat is me te ordinair.' Zijn neus krulde van de pret. 'Mijne heren, vandaag eten wij in de wilde natuur!' Met een weids gebaar liet hij hen de bossen zien. 'Een super-de-luxe picknick.'

Hij wees Papa Pol een klein zandweggetje aan naast een malse groene weide.

'Hier is het.'

Beer in de bus

Papa Pol parkeerde de bus aan de kant en hielp Kolonel
Theo dekens en tafellakens uit te spreiden in het gras. Uit
de koffer haalden ze grote manden vol eten tevoorschijn.
Een brandweerman met een warrige bos rosse krullen ging
op een deken liggen.
'Ideaal voor een dutje', zei hij.
De anderen gingen zitten en begonnen smakelijk te eten.
'Van buitenlucht krijg je honger', knikte Kolonel Theo
goedkeurend. Met een groot servet om zijn nek geknoopt
nipte hij van een glas wijn.
Lola nam een hap uit een dikke boterham en keek
tevreden om zich heen. De meeste brandweermannen
zagen eruit of ze altijd honger hadden. Ook zonder
buitenlucht.
'Die kippenbouten zijn hemels', smakte een potige
brandweerman. Zijn baard zat vol kruimels. Een stukje
kip vloog door de lucht en landde op de buik van de rosse

brandweerman. Hij lag diep te ronken en merkte er niets van.

'Hoe vinden jullie mijn soufflé van vier kazen?' vroeg Kolonel Theo.

'Daar staat een beer', zei Jos.

'Ha, die Jos!' zei de potige brandweerman. 'Van jou zijn we geen grappen gewoon.'

Kolonel Theo keek beledigd.

'Kunnen we het even over mijn soufflé hebben?'

'Ik hou niet van grapjes', zei Jos ijzig. 'Als ik zeg dat daar een beer staat, dan is dat zo.'

Nu wezen een paar mannen met open mond naar de bosjes. Lola draaide zich om… Jos maakte inderdaad geen grapje. Tussen de bomen bij het weiland stond een grote, bruine beer!

'Is dit een verrassing?' vroeg ze opgewonden.

'Hier zitten geen beren', stamelde de potige brandweerman verbouwereerd.

'Zeg hem dat dan even', zei Jos met een knikje naar de beer.

Toen begon iedereen door elkaar te schreeuwen.

'Niemand beweegt!' riep een brandweerman.

'Iedereen een boom in!' gilde een ander.

'Durf ik niet', piepte Kolonel Theo vanachter een struik.

Lola keek opgewonden van de een naar de ander. Die stoere brandweermannen waren helemaal van hun stuk gebracht. Ze waren heel wat gewoon, maar geen beer.

'Laat de brandweerslang aanrukken!' schreeuwde er eentje verhit.

'Ach, man', snauwde Jos. 'Het is geen draak. Beren kun je niet blussen.' De enige die er rustig bij bleef, was de beer zelf. Af en toe gaapte hij en wreef sloom met zijn poot over zijn kop. Gelaten zat hij de hele heisa aan te zien.

'Hij lijkt op een teddybeer!' zei Lola. 'Maar dan een heel grote.'

'En een heel *levende*', bromde Papa Pol. Lola voelde zijn grote knuist stevig om haar hand.

'Zal ik hem een dreun voor zijn kop geven?' vroeg de potige brandweerman. De beer gaapte nog eens.

'Hij ziet er niet erg *aanvallend* uit', aarzelde Papa Pol.

'Hij heeft een spuitje gekregen', zei Lola.

'Ik wil wel een spuitje', jammerde Kolonel Theo vanachter zijn struik. 'Tegen de bibber in mijn knieën.'

'Lola heeft gelijk.' Papa Pol klonk verbaasd. 'Er zit een spuit in zijn bips.'

Iedereen keek nu naar het harige achterwerk. Zelfs Kolonel Theo piepte achter zijn struik vandaan.

Uit de bil van de beer stak een grote injectiespuit.

'Daarom is hij vast zo slaperig.' Papa Pols gezicht klaarde

op. 'Hier verderop is een wildpark. Ik ben er wel eens geweest met de bus. Hij is natuurlijk ontsnapt!'

'Blijven jullie de hele middag kletsen?' Jos keek verveeld. 'Zelfs dat beest vindt jullie vermoeiend.' Hij had zijn witte zakdoek op een deken uitgespreid en zat erbovenop met gekruiste armen te wachten. Lola snapte niet goed *waarop* hij wachtte.

De beer gaapte nog een keer al zijn tanden bloot. Toen richtte hij zich op en begon traag te stappen.

'Niet hierheen', fluisterde Kolonel Theo. 'Alsjeblieft.' Maar de beer ging de andere kant uit.

In een grote boog waggelde hij over het zandweggetje. Naar de bus!

Papa Pol had de deur open laten staan voor wat frisse lucht. Bij het opstapje aarzelde het dier. Iedereen volgde met opengesperde ogen al zijn bewegingen.

Log draaide de beer zijn grote kop naar de verschrikte troep in de wei. Alsof hij wilde vragen of het daarbinnen wel veilig was voor beren.

Ze hielden allemaal hun adem in. Behalve Jos, die met een andere smetteloze zakdoek een vlekje van zijn glas poetste. Niemand verroerde of zei een woord. Dus wurmde de beer zijn grote lijf naar binnen.

'Nee toch', kreunde Kolonel Theo. Met grote ogen zagen ze
hoe het bruine beest traag door het gangpad liep.
Helemaal achteraan vleide hij zich tussen de stoelen neer.
Hij legde zijn kop op een armleuning, rekte zich nog eens
uit en sloot zijn ogen.
'Van alle plaatsen', jammerde Kolonel Theo, 'van alle

plaatsen in dit verrekte bos! Moet die griezel nou net in onze bus gaan dutten!'

Weer begon iedereen door elkaar te roepen.

Lola grinnikte. Wat een uitstapje! Zoveel heisa had ze zelf niet kunnen bedenken.

De potige brandweerman wilde de beer uit de bus lokken met een stuk worst.

'Italiaanse worst met fijne kruiden. Een *delicatesse*', zuchtte Kolonel Theo.

Maar het beest leek in een diepe slaap verzonken.

'Ik snap het al', gnuifde Jos. 'Jullie willen hem de bus uit *praten*.'

Papa Pol zuchtte diep. Ze moesten iets doen.

'Dat arme dier kan nog tot morgenavond slapen.'

Er zat maar één ding op.

'We brengen de beer naar het wildpark terug.'

Lola wil een berentuin

'Straks wordt hij wakker', jammerde Kolonel Theo. Hij keek angstig naar de beer in de bus. 'Dan wil hij ontbijt. Mij krijg je de bus niet in.'

'Ik heb een idee', zei Papa Pol rustig.

'Heb je geen geweer?' vroeg Jos. 'Daar hebben we meer aan.' Hij zat nog altijd met gekruiste armen op zijn zakdoek.

'Een idee, Pol?' smeekte Kolonel Theo. 'Waar dacht je aan?'

Papa Pol glimlachte fijntjes.

'Dat is een verrassing.'

'Die is goed', grinnikte de potige brandweerman. Kolonel Theo wierp hem een dodelijke blik toe en hij slikte zijn lach gauw weer in.

'In de grote koffer van de bus ligt een dikke plank', legde Papa Pol uit. 'Die wil ik achteraan in het gangpad klemzetten. Als een soort kooi voor de beer.'

'Dat noemt hij een idee', zei Jos bitter.

'Ik help je wel, Pol', bood de potige brandweerman aan.
Even later slopen Papa Pol en zijn helper de bus in.
Alle anderen keken gespannen toe.

'Jeminee.' Kolonel Theo sloeg zijn handen voor zijn ogen.
Op hun tenen liepen de twee door het gangpad. Even
bewoog de beer zachtjes zijn hoofd. Iedereen hield de
adem in…

Maar hij bleef lekker liggen.

Op een meter van het slapende beest af duwden Papa Pol
en de brandweerman de plank stevig tussen twee rijen
stoelen vast. Stilletjes slopen ze terug door het gangpad.

'En? Wat doet hij? Doet hij iets?' vroeg Kolonel Theo met
zijn handen nog altijd voor zijn ogen.

'Hij likt aan zijn neus', zei Lola. 'In zijn slaap.'

'Jezus-maria-jozef', mompelde Kolonel Theo.

'Die schrijf ik op', lachte Lola bewonderend.

Ze spraken af dat één brandweerman vlak bij de plank de
wacht zou houden. Hij pakte het brandblusapparaat van de
bus vast en keek vervaarlijk.

'Zodra die bruine rolmops wakker wordt, krijgt hij
hiermee een tik. Meteen terug naar dromenland.'

'Welnee!' Lola keek hem verontwaardigd aan. 'Hij deed
niets verkeerd.'

'Behalve ons reisje verpesten', zei Jos met een zuur gezicht.

'Dat doe *jij* wel', zuchtte Papa Pol. Het werd hem ineens te veel. 'En nu iedereen de bus in!'

Niemand durfde te protesteren. Bovendien was alle eten op en de picknick had nu wel lang genoeg geduurd.

'Hè?' De rosse brandweerman wreef zijn ogen uit.

'Waarom al dat kabaal?'

Lola grinnikte zacht. Die slaapkop werd nu pas wakker.

'Dat vertellen we je een andere keer', zei de potige brandweerman tegen het rosse warhoofd.

Muisstil ging iedereen in de bus zitten. De houten plank reikte niet tot het plafond. Je kon de slapende beer zo zien liggen.

'Een beer...' mompelde de rosse brandweerman suf.

'Dat droom je, hoor', zei Papa Pol.

'Gelukkig maar', antwoordde de slaapkop. Hij nestelde zich in een stoel en dutte weer in.

Kolonel Theo zat voorin op zijn plekje naast Lola.

'Ver van de beer weg', troostte ze hem. Hij durfde nog altijd niet goed te kijken. Voortdurend vroeg hij of de plank er nog wel stond. En wat het beest deed.

'Hij slaapt', zei Lola.

'Hij stinkt!' zei de bibberende kolonel. 'Straks komt hij op mijn lekkere geurtje af. Niemand kan mijn parfum weerstaan.'

Nu raakte Lola's geduld op.

'Hij ruikt gewoon naar beer en dat is dat.' Ze kruiste haar armen en keek Kolonel Theo streng aan.

Na een halfuurtje rijden kwamen ze veilig met de slapende beer bij het wildpark aan.

Het hele park stond op stelten, de dierenoppassers waren radeloos.

Verbaasd hoorden ze het verhaal van Papa Pol aan. De hoofdopzichter trok zenuwachtig aan de bretellen van zijn tuinbroek.

'Die loebas ging er als een pijl uit een boog vandoor,' vertelde hij, 'maar we raakten het spoor kwijt. Wat een geluk dat jullie hem gevonden hebben!'

Met enige moeite haalden de oppassers de beer uit de bus. Ze brachten hem netjes terug naar zijn eigen plekje in het wildpark.

De hoofdopzichter schudde Papa Pol hartelijk de hand. 'Reuze bedankt', zei hij tevreden. 'Jullie zijn hier altijd welkom.'

Papa Pol glimlachte.

'Dan komen Lola en ik zeker nog een keer terug.' Hij keek zoekend om zich heen. 'Lola?'

Zonder een woord te zeggen was Lola in de bus geklommen. Ineengedoken zat ze stilletjes in het hoekje naast de koelkast.

Kolonel Theo probeerde haar op te beuren. Hij begreep er niets van.

'Hij zit toch veilig achter slot en grendel!'

'Daarom juist', pruilde Lola. 'Ik wilde hem mee naar huis.'

Papa Pol kwam erbij staan.

'Dit is geen knuffelbeer, Lola.'

'Weet ik toch.' Lola keek beledigd. 'Hij is echt. Dat is net zo leuk.' Nukkig bleef ze in haar hoekje zitten.

'Wat moeten we thuis met een beer aanvangen?'

Vertwijfeld staarde Papa Pol naar Lola.

'We maken een berentuin', zei ze koppig. 'En dan komen er kleintjes.'

Nu kwam ook de hoofdopzichter erbij.

'Een berentuin?' vroeg hij verbaasd.

'Een vriendin van ons heeft een vlindertuin', legde Papa Pol uit.

'Ach zo.' De opzichter trok weer aan zijn bretellen.

'Kunnen we de beer dan misschien een keertje lenen?'

Smekend keek Lola de opzichter aan.

Met een bedenkelijke blik krabde hij zich achter het oor.

'Vandaag leek de beer maar een sufferd. Maar zonder

spuitje heeft hij heus veel plaats nodig. En grote bomen.
Anders wordt hij maar triest.'

'Of boos', voegde Kolonel Theo eraan toe. 'En *dat* willen we
niet hebben.'

In zijn kooi wat verderop werd de beer wakker. Ze zagen
hoe hij zijn poten uitstrekte.

Kolonel Theo schudde de opziener wild de hand.

'Het was *uitzonderlijk* aangenaam', zei hij. Vanuit zijn
ooghoeken hield hij de beer nauwlettend in de gaten.
Die geeuwde en liet daarbij al zijn tanden zien. 'Maar nu
stappen we maar eens op.'

De brandweermannen stommelden de bus weer in.

'Een picknick in de wilde natuur', grapte er een. Hij bootste
Kolonel Theo's weidse gebaar na. 'De *erg* wilde natuur.'
Iedereen lachte. Behalve Jos natuurlijk.

Maar ook Kolonel Theo lachte een beetje zuur. Hij leek
ineens moe.

'We zouden nog naar zee gaan', zei hij futloos. 'Daar was
een boottocht gepland.'

'Met haaien en de hele mikmak?' zei de grapjas.

Kolonel Theo leek het niet te horen. Gelaten veegde hij een
grassprietje van zijn witte schoen.

'Ho maar', zei Papa Pol. 'Dat was een verrassing.'

'De haaien?' vroeg Lola verrukt.

Kolonel Theo haalde moedeloos zijn schouders op.

'Ik heb alles verklapt.'

Papa Pol keerde zich om naar de groep brandweermannen.

'Luister eens', zei hij tegen hen allemaal. 'Is iedereen na deze...' Hij schraapte zijn keel. 'Gaat iedereen na deze korte onderbreking nog akkoord met het programma?'

Even bleef het stil.

'Natuurlijk!' klonk het toen. 'Waar blijft die boot?!'

'Zijn jullie er zeker van?' vroeg Kolonel Theo twijfelend.

'Laten we gaan!' riepen een paar brandweermannen.

'Ja! Laten we gaan!' vielen enkele anderen hen uitgelaten bij.

'Wanneer eten we nog een keer?' vroeg de potige brandweerman. 'Van beren jagen krijg je honger.' Hij gaf de kolonel een vriendelijke klap tegen zijn schouder.

Kolonel Theo giechelde opgelucht.

'Goed dan. Omdat jullie zo aandringen.'

En dus startte Papa Pol de blauwe bus en ze gingen op weg naar zee.

Gemene Jos

Die avond plofte iedereen uitgeteld in de bus neer. Lola
luisterde naar het gebrom van de motor en haar ogen
vielen dicht. Ze voelde hoe Kolonel Theo zijn truitje over
haar heen legde. Het rook nog altijd naar zijn parfum.
De brandweermannen waren moe, maar ze bleven in
een opperbeste stemming. Lola werd wakker toen ze het
buslied voor haar zongen.
'Dat heb je weer eens voor elkaar, Kolonel', zeiden ze tegen
Kolonel Theo. 'De ene verrassing na de andere!'
'Zonder ook maar iets van je elegantie te verliezen', plaagde
er een.
Kolonel Theo bloosde als een pioen.
'Onze chauffeur is me er anders ook eentje', giechelde hij.
'De held van de dag, als je het mij vraagt', besloot de potige
brandweerman.
Maar Jos schraapte zijn keel en haalde diep adem.
'Toch vreemd dat alleen op *zijn* reisjes altijd iets

onverwachts gebeurt', siste hij. Zijn ogen schoten vuur.

'Tja, wat wil je? Hij is nu eenmaal een chauffeur die nooit *grote* reizen maakt.' Met een nijdige haal streek hij zijn zakdoek glad. 'Dagtoerisme is en blijft dagtoerisme', eindigde hij hatelijk.

Kolonel Theo sperde zijn ogen wijd open.

'Wat gemeen', zei hij beduusd.

'Soms kun je beter je mond houden!' Woest keek de potige brandweerman Jos aan. Maar het was te laat. Lola keek naar Papa Pol.

Gekwetst staarde hij voor zich uit.

'Zal ik hem een klap verkopen, Pol?' vroeg de stoere brandweerman.

Maar op dat moment reed de blauwe bus het dorp in. Na een lange dag was het reisje voorbij.

De brandweermannen klopten elkaar op de schouders en de rug.

'Als je ergens een beer ziet, bel je maar', zei de potige brandweerman tegen Lola.

Ze kreeg van iedereen een zoen. Behalve van Jos.

Als laatste stapte Kolonel Theo uit.

'Je bent altijd welkom', zei Lola tegen hem. Slaperig dreunde ze hun adres op.

'Een moord.' Hij draaide met de ogen. 'Een moord voor

zo'n dochter.' Toen wuifde hij nog eens gedag en zette in het schemerdonker zijn blinkende zonnebril op.

'Even denken wat ik nog over kabouters weet', zei Papa Pol 's avonds. Hij had zijn schoenen uitgeschopt en zat op de rand van Lola's bed.

'Weet je', zei Lola. Ze streek een lok uit haar gezicht en keek Papa Pol aan. 'Ik geloof niet meer zo in kabouters.'

'Is dat zo?' Papa Pol keek beteuterd.

'Behalve die ene keer toen', zei Lola snel. 'Over die twee die dansten.'

'Dat waren *muizen…*.' Papa Pol leek een beetje teleurgesteld.

'Ik wil wel nog verhalen horen,' troostte Lola hem, 'maar daar hoeven geen kabouters in.'

'Mogen dieren nog?'

'Dieren wel.'

'Wat word jij groot, mijn kleine Lola.'

Papa Pol vertelde een kort verhaaltje en gaf haar een zoen.

'En nu slapen', knipoogde hij. 'Zelfs voor grote meisjes is het nu heel laat.'

Een bril met lichtjes

'Eens kijken of er post is', zei Lola. Het was nog vroeg in de ochtend en zij en Papa Pol liepen de straat op. Ze gluurde door het klepje in de schemerdonkere brievenbus.

Op de bodem lag een brief.

Papa Pol nam de witte enveloppe eruit en scheurde die open.

'Medische controle', bromde hij.

'Wat moet je controleren?' vroeg Lola.

'Eén keer per jaar moeten alle chauffeurs naar de dokter', zei Papa Pol. 'Zien of alles nog werkt.'

'Aan de bus?' Lola proestte.

'Nee.' Papa Pol glimlachte. 'Aan ons. Onze ogen en oren en zo.'

'Ik snap het al.' Lola dacht even na en haalde toen diep adem. 'Oewaa!' brulde ze. Zo hard dat ze knalrood werd.

Papa Pols ogen werden groot van de schrik.

'Wat, Lola?! Wat is er?' hijgde hij.

Lola knikte goedkeurend.

'Je oren werken.' Op fluistertoon ging ze verder. 'Nu ga ik fluisteren. Controleren of je mij dan ook kunt horen.'

'Ben je nou helemaal!' zei Papa Pol verontwaardigd. 'Ik schrik me rot.'

Als antwoord stak Lola haar handen met gespreide vingers in de lucht.

'Hoeveel vingers laat ik zien?'

'Hou daarmee op', mopperde Papa Pol. 'Mijn oren en ogen werken perfect.' Hij stak zijn handen in de zakken en zette er stevig de pas in. Lola haastte zich achter hem aan.

'Ik wilde je alleen maar… controleren.' Ze gaf een ruk aan zijn mouw.

'Dat weet ik wel.' Papa Pol nam Lola's hand en gaf er een kneepje in.

'Zal ik met je meegaan?' vroeg Lola toen Papa Pol naar de medische controle moest.

'Dat is ontzettend vriendelijk van je, Lola. Maar jij gaat vandaag gewoon naar school.'

Buiten klonk getoeter.

'Daar is Jackson. Hij geeft jou een lift naar school en brengt me daarna naar de dokter.'

'Papa moet misschien een bril', zei Lola, terwijl Jackson de deur van zijn bestelwagen openzwaaide. 'Zoals Oma Extra.'

'En ook een hoorapparaat?' brulde Jackson.

'Zitten jullie maar te grijnzen', zei Papa Pol. Hij lachte niet.

Jackson diepte een thermoskan op.

'Wil iemand koffie?' Hij duwde Papa Pol een dampende beker in de handen.

'Ik lust geen koffie.' Met een schuine blik keek Lola naar Jacksons tas.

'Voor jou heb ik warme chocolade', zei hij. 'Kleine donder.'

'Straks komen we te laat.' Papa Pol porde Jackson in de zij. Maar hij keek al minder knorrig.

Even later werd Lola afgezet bij de schoolpoort. Net op tijd. Jackson toeterde één keer keihard en toen verdwenen hij en Papa Pol om de hoek.

'Een *min*', zei Jackson na school tegen Lola. Hij en Papa Pol haalden haar af met de bus.

Op weg naar huis zat Jackson de dokter na te doen.

'Uw test toont een *min*', piepte hij met een hoog stemmetje.

'M-m-m-in', zei hij met getuite lippen. 'Een *minkukel* van een dokter', bromde hij erachteraan.

'Minkukel', giechelde Lola.

'Of malloot', zei Jackson.

'M-m-mafkees!' riep Lola.

'Mormel!' brulde Jackson.

'Zo is het wel genoeg', onderbrak Papa Pol hen.

Ze zwegen, want hij keek boos.

'Ik vind het gaaf', zei Lola toen.

Papa Pol trok de wenkbrauwen op.

'Gaaf?'

'Je kunt een bril nemen zoals die van Kolonel Theo', legde
Lola uit.

'Dat is een hele troost.'

'Een zwarte met diamantjes erop', vulde ze aan.

'Ik neem een rode', zei Papa Pol.

'Een rode…'

'Knalrood', zei hij droogjes. 'Met lichtjes erop.'

'Lichtjes?' Lola staarde hem verbaasd aan.

'Knipperlichtjes', zei Papa Pol. Hij keek recht voor zich uit.

'Is dat niet raar?'

'Welnee. En ik wil er ook een achteruitkijkspiegel op.'

'Wow', zei Lola.

'En kleine ruitenwissers voor de glazen.'

'Wow!'

'En een houder voor een beker koffie', ging Papa Pol verder.

'Praktisch, voor als ik mijn handen aan het stuur heb.'

'Dat wordt wel zwaar.' Lola keek bedenkelijk.

'Welnee. We hangen er gewoon een ballon aan. Blijft die hele boel in de lucht hangen.'

'O!' Eindelijk snapte Lola het.

'Je houdt me voor de gek', zei ze beledigd.

Boos ging ze bij het raam zitten. Ze staarde nuffig naar buiten.

'En toch was een glimmende bril gaaf geweest. *Enorm* gaaf.'

Wat is er mis?

Sinds de dag van de medische controle was er iets met
Papa Pol aan de hand.
Lola begreep niet goed wat precies. Peinzend slenterde ze
door het huis.
Er ontbrak een poot aan de sofa.
En haar fiets moest een nieuwe band.
En in de tuin waren een paar bloemperken naar de vaantjes.
Want zo nu en dan ging ze met haar busje uit de bocht.
Maar Papa Pol had blijkbaar geen zin in karweitjes…

'Krijg jij wel genoeg vitamines binnen?' vroeg René op een
keer. Ze zaten met z'n drieën rond de keukentafel.
'Ik slaap niet zo best.' Papa Pol wreef door zijn haar. 'Dat is
alles.'
'Kom morgen eens langs bij Oma Extra', zei René
vriendelijk. 'Ik heb daar een nieuwe vlinder in de tuin.' Hij
keek Papa Pol zorgelijk aan.
Maar Papa Pol ging niet langs.

'Die minkukel van een dokter', riep Jackson bij zijn volgende bezoekje, 'kan jou toch niets maken?'

Papa Pol haalde zijn schouders op.

'Nee.'

'Nee!' brulde Jackson.

'Nee', zei Papa Pol kalmpjes.

Jackson bleef een tijdje naar de punten van zijn schoenen kijken. Toen gaf hij Papa Pol een klap op zijn rug en wandelde de deur uit.

Kolonel Theo kwam binnen gewalst met een bord in zijn hand.

'Mijn beroemde soufflé.' Met een zwier zette hij het bord op tafel. 'Luister, schat', zei hij tegen Papa Pol, 'laat mij je een leuk modelletje aanraden. Rood is wel geinig. Niet te klassiek, maar ook nie…'

'Ik laat je wel weten wat het wordt', zei Papa Pol.

'Stukje soufflé?' probeerde Kolonel Theo.

Lola nam een hap.

'Lekker!' zei ze met haar mond vol.

Maar Papa Pol had geen trek.

'Het is niet de bril', zei Jackson de volgende keer. Het was zondag en er viel een miezerige regen. Oma Extra was er ook. Verveeld hing Lola op haar schoot.

Ze keken alle drie door het raam naar de tuin. Papa Pol zat verstrooid in de natte aarde van een bloemperk te graaien.

'Niet de bril', zuchtte Oma Extra en ze duwde die van haar wat hoger op haar neus.

'Er is iets anders waar hij zich druk om maakt', zei Jackson.

'Zeer zeker', knikte Oma Extra.

'Zeer zeker', knikte Jackson.

'Zeer zeker', knikte Lola.

Ze slaakten alle drie een diepe zucht.

Na een week kwam er weer een brief van de medische controle. Daarin stond welke bril Papa Pol nodig had. Die middag na school vond Lola de brillendoos op tafel. Ze haalde de bril eruit en zette hem op Papa Pols neus.

'Een glimmende was leuker geweest. Maar deze is ook wel gaaf.'

'Daar zijn we dan uit', zei Papa Pol.

'Nu kun je helemaal goed aan het werk.' Lola keek hem blij aan.

'Ja', zei Papa Pol.

Maar achter zijn brillenglazen zag ze een vreemde blik in zijn ogen.

Een fantastisch idee

Lola kon die avond niet in slaap komen. Ze geeuwde en zuchtte en wriemelde de lakens overhoop. Na lang woelen vielen haar ogen eindelijk dicht. Maar midden in de nacht werd ze weer wakker. Door een kier zag ze een zwak licht op de gang. Papa Pol was vast weer ingedommeld met zijn nachtlampje aan en een of ander dik boek op zijn kussen. Lola glipte haar bed uit. Op haar tenen sloop ze naar Papa Pols kamer. Ze kon hem horen praten in zijn slaap.

'Toer', mompelde hij.

'Wat zeg je?' Lola ging wat dichter bij het bed staan.

'Toerisme', zei Papa Pol nu duidelijk. 'Dagtoerisme!' Toen ging hij met een schok rechtop zitten. 'Wat doe jij hier?' Hij wreef in zijn ogen.

Lola klauterde op het bed.

'Ik kan niet slapen. Je praat zo luid.'

'Ben je daarom wakker?' geeuwde hij.

'Je praat over *dagtoerisme*', zei Lola nadrukkelijk.

'Wat?' schrok Papa Pol. 'Waar heb je *dat* woord vandaan?'
'Van jou', zei Lola. 'En van Jos. Het is best lang. Moet ik noteren in mijn schrift.' Verstrooid streek Papa Pol met zijn hand over het laken.

'Doe maar niet.' Hij keek ineens treurig. Een beetje zoals wanneer ze het over Lola's moeder hadden.

'Wat betekent het?' vroeg Lola.

'Gewoon, wat het woord zegt', antwoordde Papa Pol een beetje kregelig. Hij was anders altijd zo geduldig met haar vragen. 'Toerisme voor een dag.'

'Zoals wij doen', zei Lola enthousiast.

Papa Pol slaakte een zucht.

'Ja.'

'Is dat triest?'

'Helemaal niet', haastte Papa Pol zich. Toen haalde hij zijn schouders op. 'Alleen vinden sommigen dat…' Hij friemelde aan de knopen van zijn pyjama. '… minderwaardig.'

'O!' Dat klonk niet al te best, vond Lola.

'Er zijn mensen die vinden dat ik geen echte chauffeur ben', zei Papa Pol zachtjes.

'Geen echte?' Lola keek ongelovig.

'Ze vinden dat ik een knoeier ben. Alleen goed voor korte reisjes.'

Lola keek hem onderzoekend aan.

'Er is natuurlijk wel iets van aan', ging Papa Pol verder.
'Een heuse reis, naar het buitenland, heb ik met de bus nog
nooit ondernomen. 's Avonds wilde ik liever thuis zijn.
Bij jou en je moeder. Vooral toen ze ziek was.' Verlegen
keek hij Lola aan. 'Je hebt niet zo'n avontuurlijke vader als
je denkt.'

'Ik wil geen vader met avonturen', zei Lola. 'Ik wil jou.'
Papa Pol zat een beetje aan de deken te plukken. Glom er
een traan in zijn oog? 'Geen enkele vader rijdt met beren
rond', zei Lola kordaat. Papa Pol glimlachte. 'Met levende
beren!' vulde Lola aan.

'Dat is ook wel weer waar.' Papa Pol zuchtte diep. 'Mijn
kleine Lola, hoe pakken we dit aan?'

'Gewoon', zei Lola beslist. 'We pakken het aan.'

'Je hebt gelijk!' Een brede glimlach verscheen op zijn
gezicht. 'We pakken het aan.'

Hij geeuwde en nu moest Lola ook geeuwen. Ze kroop wat
dichter tegen hem aan.

De maan scheen door het raam en verlichtte een stukje
van de kamer. Het licht viel op het bed met de zachte
deken. Papa Pol sloeg zijn armen om haar heen en even
moest Lola denken aan de boom die zich aan
haar vasthield.

109

De volgende morgen was Lola niet goed uitgeslapen.

'Wat wil je op je brood vandaag?' vroeg Papa Pol.

'Parijzerworst', antwoordde Lola zonder op te kijken. Ze probeerde haar ontbijtgranen te pletten in een kom. Er gutste melk over de rand.

'Parijzerworst', zei Papa Pol peinzend, terwijl hij in de koelkast rommelde.

Lola likte de melk van tafel als een poes. Maar Papa Pol had niets in de gaten. Toen trok hij ineens zijn hand terug en stond als verstijfd.

'Dat ik daar niet eerder aan gedacht heb!' Met een knal gooide hij de deur van de koelkast dicht. Midden in de keuken stond hij voor zich uit te staren.

'Niet aan gedacht?' vroeg Lola suf.

Papa Pol leek haar niet te horen.

'We gaan naar Parijs.' Met zijn vuist bonsde hij op tafel, midden in de plas melk.

Lola schrikte op en ging wat rechter op haar stoel zitten.

'Wanneer?' Onderzoekend keek ze Papa Pol aan.

'In *Frankrijk*.' Papa Pol veegde een spetter van zijn neus.

'Doen we', zei Lola luchtig.

'Je snapt het niet.'

Lola kon het niet goed hebben als hij dat zei.

Maar Papa Pol keek haar opgewonden aan. Hij liep in een

kringetje rond de tafel.

'We organiseren een reisje naar Parijs met de bus.'

'Is Parijs niet heel ver?'

'Deze keer komen we 's avonds *niet* terug.' Hij keek ineens stoer. 'We blijven een nachtje slapen.'

'In de bus?' vroeg Lola verrukt.

'Nee. We gaan op hotel!'

Daar keek Lola van op.

'Wow. Is dat nog dagtoerisme?'

'Welnee', grijnsde Papa Pol. Hij legde vier sneetjes Parijzerworst op Lola's brood. Verwonderd keek ze naar de volgepropte boterhammen. 'Straks hang ik een affiche aan het raam. Wie mee wil, kan zich vooraf inschrijven.'

'Oma Extra', zei Lola.

'Iedereen', zei Papa Pol.

'Jackson', zei Lola

'Iedereen', zei Papa Pol nog een keer. 'En we hebben ook een reisgids nodig.'

'Een *wat*?'

'Iemand die met ons meekomt. Om uitleg te geven bij wat er te zien is.'

'In de microfoon', zei Lola vlijtig. 'Dat doe ik wel.'

Papa Pol krabde in zijn haar.

'Een gids moet *alles* weten.' Hij maakte een groot gebaar.

111

'Over *alles*.'

'Dan vragen we mijn juf', bedacht Lola.

Papa Pol glimlachte.

'Juf Pia zou een uitstekende gids zijn.' Hij legde de Parijzerworst nu naast het brood in plaats van erop.

'Zo heb ik wel genoeg', zei Lola. Er stond een toren boterhammen op tafel. Dat deed haar aan iets denken. Ze begon te wippen op haar stoel.

'Gaan we dan ook naar de Eiffeltoren?'

'Dat spreekt vanzelf.' Papa Pol legde het laatste sneetje Parijzerworst in de oven in plaats van in de koelkast.

En toen vertrokken ze gauw naar school.

TJs rijmt op Parijs

De weken daarna liepen Papa Pol en Lola opgewonden door het huis.

Parijs, stad van je dromen, las Lola op de omslag van een boek. Het lag op Papa Pols bureau in de woonkamer, boven op een hele stapel boeken. Die wilde hij allemaal lezen.

Het reisje was gepland voor het begin van de zomervakantie.

Op de brievenbus hing al een affiche:

UITSTAP NAAR PARIJS

4 EN 5 JULI

OVERNACHTING IN HET HARTJE VAN DE STAD

MET GIDS

HIER INSCHRIJVEN

114

'Saai', schudde Lola afkeurend het hoofd. 'Zo wil *niemand* mee.' Dus maakte ze zelf ook een affiche. Ze tekende er de Eiffeltoren op en hing haar affiche aan het raam.

KOM MEE NAAR PARIJS! DE STAD VAN JE DROMEN!
WE SLAPEN IN EEN HOTEL!
WE BEZOEKEN ALLES! MET UITLEG VAN EEN ECHTE GIDS!

Elke dag na school wou Lola meteen weten wie zich allemaal hadden ingeschreven. De eerste week waren dat Oma Extra, René en Jackson.
Kolonel Theo en een paar brandweermannen volgden in de tweede week.
En in de derde week schreef ook Jos zich in.

'Wie nog?' vroeg Lola op een avond.
Papa Pol zat aan zijn bureau iets te noteren en ze ging naast zijn stoel staan.
'Mensen van vorige reisjes.' Lola deed haar mond al open om… 'Mensen die je niet kent', zei Papa Pol snel.
'Oma Extra en René.'
'Dat wist je al', zei hij.
'En Jackson.'
'Wist je ook al.' Papa Pol draaide zich naar haar toe. 'Laat je me dit even afmaken?'

115

Lola plukte aan zijn mouw.

'Ik wil iets doen.'

'Maak een buslied?' Hij opende een map en bladerde door papieren.

'Heb ik al.' Lola draaide met haar ogen.

Papa Pol klapte de map toe.

'Een nieuw buslied', zei hij luid. 'Speciaal voor Parijs.'

'Ik spreek geen Frans', zei Lola.

Papa Pol schudde kregelig zijn hoofd.

Lola zuchtte diep. Ze kon hem maar beter met rust laten.

We gaan op reis, dacht ze. Naar Parijs.

Dat rijmde wel leuk.

De volgende morgen zwaaide Lola met haar schrift.

'Mijn lied is af!'

'We moeten gaan.' Papa Pol nam hun jassen van de kapstok en Lola volgde hem ongeduldig. De hele vorige avond had ze aan het lied gewerkt. Eerst had ze het in klad gemaakt. En daarna had ze het ijverig neergepend in haar schrift.

'Laat maar horen op weg naar school', zei Papa Pol met zijn hand op de klink. 'In de microfoon.' Lola griste haar jas uit zijn handen. Dat was een goed voorstel. Ze liep snel de deur uit.

'De microfoon!' zei Lola, terwijl ze in de bus klommen.

'De deur dichtdoen', zei Papa Pol. Lola duwde op de knop.

'Klik je je gordel vast?' Hij stak de sleutel in het contact.

Lola hield het opengeslagen schrift in de lucht, vlak voor haar neus. Eindelijk kreeg ze de microfoon in haar hand.

'Daar komt het!'

'We gaan op reis naar Parijs.
Want Papa Pol heeft zijn rijbewijs.'

Ze glimlachte naar Papa Pol en ging verder:

'Voor een spotprijs
maken we je wegwijs
in Parijs!'

'Dat heb ik van een reisboek.' Lola keek hem tevreden aan.

'Goed, hè.'

'Nogal veel *ijs*', zei Papa Pol.

'En we eten ijs! Ja!' Lola krabbelde het gauw in haar schrift.

'Dat kan ook nog!'

Papa Pol gaf wat meer gas.

'De Fransen hebben een drankje met anijs.'

Lola schudde het hoofd.

'Nee. Dat wordt *te* veel ijs.'

'Het was maar een ideetje.' Hij hield zijn ogen op de weg.

'Je luistert niet.' Lola kruiste verontwaardigd haar armen.

'Ik *kijk* niet,' zei Papa Pol, 'maar ik *hoor* je wel. Je bent iets vergeten. De melodie.'

Daar had hij gelijk in.

'Die verzin ik op weg naar Parijs', besliste Lola.

Papa Pol nam de microfoon over.

'School in zicht. Alle kinderen klaar om uit te stappen?'

Ze hielden piepend halt en Lola duwde op de knop voor de deur.

'Goeiemorgen', hoorden ze. Het vriendelijke gezicht van Juf Pia verscheen in de deuropening.

'Goeiemorgen', knikte Papa Pol.

'Wat een reuzegezellige bus is dit toch', zei Juf Pia.

'Vind je?' Papa Pol bloosde, zag Lola.

'We gaan naar Parijs, juf!'

'Niet vandaag, hoop ik.' Met een glimlach keek Juf Pia van Lola naar Papa Pol. 'Ik heb geen briefje ontvangen.'

Papa Pol mompelde iets onverstaanbaars en wreef een pluisje van het stuur.

'In het begin van de vakantie gaan we…' Lola gluurde naar Papa Pol. 'We willen jou iets vragen.'

'Eh… Het zit zo…' hakkelde Papa Pol.

'Wil jij de reisgids zijn?!' Lola glunderde.

'Ik dacht…' Papa Pol zuchtte diep en deed er toen het zwijgen toe.

'Hm', mijmerde Juf Pia. 'Een weekend Parijs.'

'Omdat jij *alles* weet', zei Lola. 'Over *alles*.'

'Is dat zo?' lachte Juf Pia. Lola grinnikte heimelijk. Er klonk altijd een soort snurkje door Juf Pia's lach. 'Waarom ook niet? We hebben het er nog over!' Ze draaide zich koket om en liep naar de speelplaats.

'Gaaf', zei Lola, terwijl ze uit de bus sprong.

'Ja', hoorde ze Papa Pol nog zeggen. 'Enorm gaaf.'

De Sjamzeeliezee

'Eindelijk', zei Lola.

'Eindelijk', zei Papa Pol.

'Eindelijk', zeiden Oma Extra en René in koor.

Lola glunderde. Eindelijk waren ze klaar voor het vertrek naar Parijs. Ze zaten allemaal samen op de voorste rijen van de bus. Lola zat zoals altijd naast Papa Pol.

'En hier is onze gids', had hij gezegd en voor Juf Pia had hij de stoel naast Lola uitgeklapt.

Papa Pol nam de microfoon en kuchte.

'Goeiemorgen, beste reizigers. Welkom in mijn bus.' Op de tweede rij zat Jackson hevig te knikken. Naast hem vouwde Kolonel Theo zijn jasje over de leuning. 'Dit is een perfecte dag voor een reisje.'

Tevreden legde hij de microfoon terug. Hij zette een plaatje op en stuurde de grote, blauwe bus het dorp uit. Op weg voor een reis van meer dan één dag.

Lola draaide haar hoofd. Ze had een kussen onder haar billen, zodat ze alles en iedereen kon zien. Een eindje verderop zat Jos stuurs voor zich uit te kijken.

'Perfecte dag?' mompelde hij nors.

De bus zat goed vol. Er klonk gelach en gepraat. Helemaal achterin herkende Lola een paar brandweermannen. Juf Pia bladerde in een reisboek. Ze blies haar wangen bol.

'Er is zo veel te doen in Parijs.'

De voorbije dagen was ze vaak bij hen langsgekomen. Dan zaten zij en Papa Pol met een stapel boeken aan tafel. Uren en uren hadden ze dingen hardop gelezen. En aan Lola liet Juf Pia platen zien. Juf Pia was bij hen thuis dezelfde persoon als op school, vond Lola. En toch ook een *beetje* anders.

Ineens keek Lola haar ernstig aan.

'Wat is het langste woord dat jij kent? Het allerlangste?'

Juf Pia aarzelde geen moment.

'*Elektriciteitsproductiemaatschappij*', zei ze.

'Elektriciteits…' probeerde Lola.

'Productiemaatschappij', hielp Juf Pia. Ze gaf een speelse tik op Lola's knie. 'En mijn oom', zei ze, 'woont in de straat met de langste naam.' Lola keek haar afwachtend aan.

'De Eerste Poolse Pantserdivisiestraat', zei Juf Pia triomfantelijk.

'Wow', verzuchtte Lola.

Door het raam zag ze het landschap voorbij trekken. Ze reden al een tijdje op de snelweg.

Lola zuchtte nog eens en onderdrukte een geeuw.

'Die straat wil ik ooit eens zien.' Slaperig liet ze zich tegen Juf Pia zakken.

Lola werd wakker omdat iemand haar hand kriebelde. Ze opende een oog en zag het vriendelijke gezicht van Juf Pia.

'Kijk eens', glimlachte ze.

Met een ruk ging Lola rechtop zitten. Ze zag een straat zo breed als wel vier straten.

'De Champs-Élysées!' Juf Pia straalde.

'Wat? *Sjamzeeliezee*?' Lola wreef haar ogen uit. Welke zee? Overal zag ze auto's! Het leek of iedereen door elkaar reed, als mieren in een mierennest. Er was net genoeg plaats voor de bus. Traag loodste Papa Pol hen door het woelige verkeer.

'Dit is Parijs, slaapkop', lachte hij. 'Stad van je dromen.'

Van alle kanten klonk getoeter. Tuuttuut! Een piepklein wagentje kwam langs. De bestuurder tikte met een vinger tegen zijn hoofd.

Jackson veerde op.

'Claxonneren, Pol!' riep hij. 'Claxonneren!' Wild zwaaide hij naar de bestuurder van het kleine autootje. Hij zakte terug in zijn stoel en vouwde zijn handjes over zijn buik. 'Zo noemen ze dat in Frankrijk', zei hij tegen Lola. Aarzelend duwde Papa Pol op de toeter.

'De Champs-Élysées', mopperde Jos. 'Wat voor een weg is dit nou helemaal.'

'De breedste van Parijs', zei Juf Pia opgeruimd. Ze leek het drukke gedoe wel leuk te vinden.

'Waar zijn zo veel baanvakken nu goed voor?' bromde Jackson. 'Kijk die Parijzers zich eens opjutten.'

Een eindje verder, op het brede voetpad, zag Lola een mevrouw met een poedel. Kolonel Theo had het ook gezien.

'Die poedel heeft een jasje', zei hij bewonderend.

123

Opeens griste Papa Pol de microfoon vast. De laan waar ze reden, kwam uit op een druk verkeersplein. Voor hen doemde een hoog bouwwerk op.

'De triomfboog', zei hij op plechtige toon. 'Gebouwd door Napoleon.' Lola herkende het gebouw van een reisboek. In het echt was het mooier. En enorm groot.

'Handige rakker, die Napoleon', zei Jos.

'Een smak van een boog!' riep Jackson.

Papa Pol had zijn handen nodig om de bus veilig door het drukke verkeer te sturen. Juf Pia nam de microfoon van hem over.

'Napoleon gaf de opdracht voor het bouwen. Om te laten zien hoe machtig hij was.'

'Er is een keertje iemand met een vliegtuig onderdoor gevlogen', zei Papa Pol.

'Doe niet zo gek!' Oma Extra schudde met haar oorbellen en René gaf haar een knipoog.

'Toch is het waar', zei Papa Pol. 'Heb ik ergens gelezen.'

Tuuttuut, klonk het weer van alle kanten. Een man draaide zijn raampje open en zwaaide met gebalde vuist. Jackson zwaaide terug.

'Claxonneren, Pol!'

Juf Pia tikte met haar vinger op een stratenplan.

'Het hotel ligt hier niet zo ver vandaan.'

'Oef…' Papa Pol wiste een druppel zweet van zijn voorhoofd.

'Gewoon rechtdoor', zei Juf Pia. 'Naar links en nog eens naar links. Rechtdoor en dan naar rechts.'

Papa Pol antwoordde niet.

'Ik zeg je wel wanneer je moet afslaan', zei Juf Pia.

Papa Pol slaakte een zucht.

'Dat is goed.'

.

De toren van meneer Eiffel

Het hotel lag in een straat met grote, witte rijhuizen. De huizen hadden hoge gevels en pasten mooi bij elkaar.

Papa Pol parkeerde de bus en de koffers werden tevoorschijn gehaald.

Lola mocht op de bel duwen.

'*Bozjoer*', klonk het uit de deurtelefoon.

'Betekent *goeiendag*', zei ze tegen Oma Extra. Dat wist ze nog van het verhaal van het sprekende varken.

Met een luid gezoem ging de deur open. Iemand van het hotel wees hen de kamers aan.

Na wat gesjouw met de bagage verzamelden ze allemaal in de hal.

Papa Pol sprong met zijn lange benen op een hoge traptrede en schraapte zijn keel.

'Beste reizigers', zei hij. Lola was al ongeduldig bij de deur van het hotel gaan staan, maar nu keek ze benieuwd naar Papa Pol op de trede. 'Hm', zei hij. 'Fijn dat jullie met ons meereizen.' Lola stootte Juf Pia aan. 'Wie dat wil, kan een wandeling doen met onze uitstekende gids.' Lola gaf Juf Pia nog een stoot.

'Au!' Juf Pia wreef met een frons over de pijnlijke plek.

'Ik wens jullie een aangenaam verblijf', besloot Papa Pol. Hij sprong van de trap en liep met grote passen naar de deur. Kolonel Theo en de brandweermannen kwamen bij hem staan.

'Wandeling *met* gids', zei een brandweerman, 'maar *zonder* beer graag.'

Oma Extra en René stonden een eindje verderop om iets te proesten. René deed een of ander raar beest na.

'We gaan!' zei Lola streng.

Jos kwam haastig de toiletten uit.

'Ik kom.'

'Dan zijn we voltallig.' Zwierig gooide Papa Pol de deur naar de straat open.

Meteen om de hoek kwamen ze in een brede laan terecht. De voetpaden waren er bijna zo breed als de straat zelf. Aan beide kanten stonden statige huizen en immense gebouwen.

Ze wandelden een tijdje door nog meer van die uitgestrekte lanen. Trotse paleizen lagen bij weidse pleinen en keurige parken. Lola kreeg zin om rond te hollen. 'Hier is zo veel plaats!'

In het midden van een reusachtige fontein stonden standbeelden van blote mensen. Ze zaten elkaar achterna met wapperende haren.

'Schit-te-rend toch', zei Juf Pia. Nu en dan hielden ze halt voor haar uitleg. Lola wilde weten hoe vaak ze al in Parijs was geweest.

'Elk jaar minstens een keer.' Juf Pia keek met glanzende, bruine ogen om zich heen. Een beetje alsof de stad van haar was. En ze daar best trots op was. Ze nam hen op sleeptouw door nauwe steegjes vol winkeltjes en restaurants. Overal waren cafés, terrassen en zitbanken. Op de bomvolle terrassen nipten mensen van hun drankjes. Anderen lazen een krant of telefoneerden.

'Liever op straat dan thuis, die Parijzers', zei Jackson.

'Alles is groot hier', bedacht Lola. Ze staken een gigantische straat over. Papa Pol hield haar hand stevig vast. Jackson haastte zich met zijn korte beentjes over het zebrapad. Een brede rivier stroomde door de hele stad en overal waren sierlijke bruggen. Op één ervan gingen ze tegen de reling hangen. Aan beide kanten hadden ze een schitterend uitzicht over de stad. Volgens Papa Pol stond op die brug ooit de eerste frietkraam van de wereld.

'Waarom hebben ze die weggehaald?' Lola fronste.

'Ik sterf!' riep René en hij liet zich tegen de reling vallen.

'Van de honger!'

Iedereen had honger en ze kochten stokbrood met kaas.

Want dat hoorde zo in Frankrijk, zei Kolonel Theo.

In een parkje verderop gingen ze picknicken.

Papa Pol spreidde zijn trui voor Juf Pia uit in het gras.

'Dat zit beter', mompelde hij verlegen.

Lola's benen voelden loodzwaar en haar voeten gloeiden.

Samen met René ging ze languit op het gazon liggen. Ze stak een stuk brood in de lucht.

'Wil jij dit graag, René?' Maar ze kreeg geen antwoord. Hij had zijn ogen dicht.

'Die snurkt al', giechelde Oma Extra. Zij zat netjes op een bank met een servet op haar schoot.

'Slaapkoppen', zei Lola met volle mond. 'Ik ben niet moe.'

'Nee. Jij hebt alleen maar de hele reis hierheen geslapen', zei Papa Pol.

'Poeh', deed Lola. Ze krabbelde overeind en werkte met smaak een half stokbrood naar binnen.

'Dat doet geen Parijzenaar je na', zei Kolonel Theo. Hij brabbelde verder in het Frans.

Lola keek Papa Pol vragend aan.

'Kaas', schokschouderde die. 'Namen van Franse kazen.'

Na het eten gingen de brandweermannen zonder hun kolonel op weg.

'Gaan wij ook?' zei Juf Pia.

Papa Pol stond gauw op en reikte haar een hand.

Ze veerde lachend overeind.

'Dank je wel.' René was weer wakker en stootte Lola aan.

Hij tuitte zijn lippen tot een kusmondje. Achter zijn rug maakte Oma Extra een berispend gebaar. Lola wist niet goed wat ze ervan moest denken.

Al die tijd had Jos op een bankje verderop gezeten.

'Ik kom', hoorden ze vanachter de struiken.

'Dan zijn we weer voltallig', zei Papa Pol.

'Voilà', zei Papa Pol plechtig. 'Ziedaar en voilà. De Eiffeltoren. Gebouwd door meneer Eiffel.'

Lola had de toren al van ver gezien. Maar nu stonden ze er ineens vlakbij.

'Gaaf!' brulde ze. Ze sprong enthousiast op en neer.

'Een vraag aan de gids.' Jos stak zijn hand in de lucht.

'Hoeveel meter hoog is de toren?'

Lola wilde rennen om vlak onder de gigantische poten van de toren te komen. Maar de anderen wandelden tergend traag verder.

'Luister eens hier, Jos', zei Papa Pol. 'Die meneer Eiffel had wel iets anders aan zijn hoofd dan dat ding te gaan meten.'

Jos liep rood aan.

Juf Pia giechelde met een snurkje.

'Het was inderdaad een hele klus. De toren is driehonderd-zeventien meter hoog.' Ze knipoogde naar Papa Pol. 'Dat hebben ze achteraf gemeten.'

De toren stond op een plein zo groot als wel twee voetbalvelden.

'Meneer Eiffel', Papa Pol wees dromerig omhoog, 'heeft tot aan zijn dood in de top van de toren gewoond.'

Lola moest erom lachen. Papa Pol diste de hele dag al gekke verhalen op.

'Het zijn geen verhaaltjes', zei hij elke keer tegen Lola. 'Het is helemaal echt.'

'Net die dingen die ik vergeet', knikte Juf Pia.

Lola legde haar hoofd in haar nek. De top van de toren zat in de wolken. Ze duizelde ervan.

Jackson trippelde over het enorme plein.

'Bofkont, die meneer Eiffel', joelde hij.

Tussen het plein en de brede laan erlangs was een muurtje.

Hij klauterde erop en schopte zijn schoenen uit.

'Reizen is vermoeiend!' Met een hand wreef hij over zijn voetzool.

'Reizen is…' begon Jos op zeurderige toon. Maar hij kon zijn zin niet afmaken.

Op straat klonken piepende remmen, vlak achter het muurtje waarop Jackson zat. Hij draaide zich verbaasd om, alle anderen keken verschrikt in zijn richting.

Er klonk een luide knal en voor iemand iets kon zeggen, dook Jackson van het muurtje af.

Een tel lang bleef iedereen stokstijf staan.

Ze staarden naar de lege plek waar Jackson zonet nog zat.

Toen renden ze er met zijn allen naartoe.

Madame Opera

'Heremijntijd', zei Oma Extra.

Op het brede voetpad zagen ze Jackson zitten. In zijn sokken.

Hij had een piepklein hondje op zijn schoot.

'Jackson!' zei Papa Pol.

'Dat ben ik.' Op kousenvoeten en met het beestje onder een arm geklemd, krabbelde Jackson overeind.

Een glimmende zwarte auto stond dwars over het voetpad, tegen het muurtje aan. De wagen was meterslang en had dubbele achterportieren.

René floot tussen zijn tanden.

'Chique slee. Jammer van die deuk in zijn neus.'

Jackson wreef over zijn neus.

'Die van mij is oké.'

'Gelukkig maar', zuchtte Papa Pol.

Een van de blinkende portieren ging open. Een forse dame met een hoed op hees zich druk pratend uit de auto.

Ze gebaarde heftig.

'Haar chauffeur is tegen de muur aangeknald', vertaalde Juf Pia. 'Omdat het hondje aan zijn oor likte.' De mevrouw kwetterde verder. 'Toen is dat beest uit het raam gesprongen. En opgevangen door Jackson.' Af en toe hoorde Lola *mersie*.

De chauffeur was nu ook uitgestapt. Hij droeg een zwarte pet en das.

'Dit mormel kwam bijna onder een auto terecht', zei Jackson.

De dame sloot het bibberende hondje in haar armen. Ze stak hem een hand vol rinkelende armbanden toe.

'Geen dank', zei hij. Zijn neus kwam net tot haar boezem. Ondertussen bleef de deftige dame maar kwebbelen.

'Ze is operazangeres en ze was op weg naar een repetitie', zei Papa Pol.

De chauffeur kuchte. Hij fluisterde een paar zinnen en wees naar de auto. Een eind verderop lag één van de wielen op de stoep. De zangeres maakte zich weer druk, de woorden kwamen nu nog sneller.

'Ze wil een taxi bellen', zei Papa Pol. Hij stootte Jackson veelbetekenend aan, 'omdat de auto kapot is.'

'Een deukje!' riep Jackson. 'En een wiel eraf! Die kar van

Madame Opera is zo gefikst!' Juf Pia knipoogde naar Lola. Jackson gaf de verbaasde chauffeur een teken en liep naar de koffer. Het deksel zwaaide open en hij verdween uit het zicht.

'Zelfs Parijzers hebben een wiel in hun koffer', hoorden ze hem roepen. De chauffeur gaf een zenuwachtig rukje aan zijn das.

Vijf minuten later zat er een nieuw wiel aan de auto. De chauffeur stond er stijfjes bij, zijn handen op de rug. Madame Opera keuvelde met Kolonel Theo en streek over de stof van haar jurk. Oma Extra stond erbij. Ze trok aan haar deftige jasje en maakte een knoopje vast en weer los.

Madame Opera zag dat het wiel gerepareerd was en ze kwetterde er weer op los. Maar Jackson stak zijn hand op. Verbaasd hield ze haar mond.

'Voor *mersie*', zei Jackson luid, 'is er wel iets wat je kunt doen!' Met zijn zwarte handje klopte hij op de neus van de auto. De chauffeur kromp ineen. 'Een ritje! In die kar van jullie!'

Papa Pol sloeg een hand voor zijn ogen.

'Tot zover ons bezoek aan de Eiffeltoren', kraakte Jos. Madame Opera lachte kakelend.

'Oké', zei ze met haar duim omhoog.
En dat begreep iedereen.

De auto had vier achterportieren in plaats van twee.
De chauffeur opende de portieren en gebaarde met zijn
hand. Er was plaats voor wel tien mensen.
'Zoals in de film', zei Jackson. Dat was precies wat Lola
ook dacht.
'Maar dan op kousen.' Juf Pia stopte hem gauw zijn
schoenen toe. Ze nestelden zich allemaal op de zachte
banken. Alleen Oma Extra bleef stijfjes rechtop zitten.
Lola schoof met Papa Pol en Juf Pia op de laatste bank.
De zangeres kwam bij hen zitten. Met haar vingers vol
ringen streelde ze de magere rug van het hondje. Ze zei
iets wat klonk als *sul*.
'Wie noemt ze nou een sul?' vroeg Jackson.
'Ze zegt dat deze auto te groot is voor haar alleen',
zei Kolonel Theo. Verrukt wreef hij over de lederen
bekleding.
'Is dat zo?' zei Oma Extra op afgemeten toon. René keek
haar heimelijk aan.
'Moet je zien!' Met stralende ogen keek Juf Pia door de
raampjes. Soepel gleed de auto door de straten van de
schitterende stad.

137

Madame Opera vertelde Papa Pol iets over opera. Haar armbanden rinkelden en de geur van haar parfum vulde de auto.

Lola gluurde vanuit een ooghoek naar Oma Extra. Die keek in een klein spiegeltje en schikte haar haarknot goed.

'Opera is zingen', bedacht Lola opeens.

'Dat is wat ik ervan weet', zei René. Hij zat onderuitgezakt te genieten.

'Het is een soort theater', knikte Papa Pol. Hij zat al even lekker als René. 'Maar iedereen zingt in plaats van te spreken.'

'Zingen dus.' Lola dacht plots aan haar buslied. Dat was ze helemaal vergeten. Op weg naar Parijs had ze vooral geslapen.

Ze trok Juf Pia aan de mouw.

'Misschien weet zij een melodie voor mijn lied.'

Fluisterend wees ze naar Madame Opera.

Die zat met luide uithalen te lachen om iets wat Kolonel Theo zei.

'Je kunt het altijd proberen', zei Juf Pia.

Een beetje schuw keek Lola naar de ferme dame.

Aarzelend haalde ze uit haar rugzakje het schrift tevoorschijn. Juf Pia wisselde een paar woorden met

Madame Opera.

'Oké', zei die, met haar duim omhoog.

Lola werd ineens een beetje nerveus, zoals wanneer ze iets voor de klas moest zeggen. Ze las het lied een paar keer voor. Madame Opera nam het schrift over en begon te neuriën. Ze maakte vreemde geluiden met haar keel, ze gorgelde hoge en lage klanken.

'Oké', zei ze nog een keer en toen zong ze een gekke melodie. Het was een soort refreintje zonder woorden. Daarna deed ze hetzelfde met de woorden van het buslied. Het klonk vreemd, want ze sprak de woorden op z'n Frans uit. Maar het klonk *wel* goed.

Na een paar keer lukte het Lola om mee te zingen.

'*Finaal!*' zei Madame Opera wat later en Lola mocht samen met haar het hele refrein zingen.

Het hondje blafte en jankte mee. Jos had zijn vingers in zijn oren gestopt.

'Bravo-o-o!' kirde Madame Opera. 'Bravo!' En ze klapte in haar handen voor Lola, met rinkelende armbanden.

Iedereen applaudisseerde.

Papa Pol gaf Lola een klopje op haar schouder.

'Stad van je dromen', knipoogde hij.

Lola wreef over haar schrift en dacht na. Toen scheurde ze met een ruk het blad met de tekst eruit. Papa Pol keek verbaasd.

'Ik ken het vanbuiten', legde ze uit. Ze reikte Madame Opera het blad aan. 'Voor u. Om te oefenen.'

'Die is goed', grinnikte René. Oma Extra gaf een nijdig rukje aan zijn mouw.

'O! *Mersie…*' Madame Opera nam het blad vast en maakte weer een weids gebaar. Lola hoorde *opera* en iets wat klonk als *toelmonde.*

'We zijn allemaal uitgenodigd.' Papa Pol hapte ongelovig naar adem.

Juf Pia straalde alweer.

'Voor een voorstelling.' Ze klapte in haar handen van enthousiasme. 'Morgenavond, in de opera!'

'Gaaf', zei Lola.

'We zien nog wel', zei Oma Extra. Ze gaf René een stomp.

'Eh… Ja', stamelde hij verbouwereerd.

De chauffeur zette hen netjes bij het hotel af en hij noteerde hun namen in een boekje.

'Om te reserveren natuurlijk', verklaarde Kolonel Theo wijsneuzig.

Ze namen afscheid.

'*Boswaar*', zei Lola tegen Madame Opera. Papa Pol keek verrast op. 'Van het varken', fluisterde Lola hem toe. Nu was het Juf Pia's beurt om vreemd te kijken.

'*Mesjeu Po-o-l*,' kweelde Madame Opera, '*Madame Pia-a, la petiet Lo-o-l-a-a!*'

Ze kuste een oor van het hondje en keek Jackson recht in de ogen.

'*Mersie, mesjeu Zjakzon*', zei ze plechtig.

'*Mersie!*' riep Jackson terug.

'*Swaar...*' mompelde Oma Extra. Ze liep snel het hotel binnen en trok René bij zijn jasje mee.

Lola zwaaide de zwarte auto na toen hij de straat uitreed. Samen met de anderen liep ze de hal in. Oma Extra wilde net de trap opgaan.

'Je gaat toch mee?' Lola keek haar vragend aan. 'Naar de opera?' Ze wist niet precies waarom ze dat aan Oma Extra vroeg.

Oma Extra draaide zich om. Het leek of ze twijfelde.

'Jij houdt van liedjes!' zei Lola.

'Zij is een *expert*', zei René. Dat begreep Lola niet. 'Ze weet alles af van *busliedjes*.' Vanachter Oma Extra's rug trok hij een gek gezicht. Zijn mond vormde woorden zonder geluid. Toen Oma Extra omkeek, hield hij er abrupt mee op.

Oma Extra leek nog altijd te twijfelen.

'Het *eerste* buslied', fluisterde René en hij wees verwoed naar Oma Extra.

Eindelijk snapte Lola het!

Het muggen-en-vlinderslied had ze Oma Extra cadeau gedaan. En nu had ze het tweede lied zomaar aan Madame Opera gegeven.

'Mijn *allereerste* lied was voor jou!' zei ze. René stak zijn duim in de lucht.

'Zo is dat', knikte Oma Extra voldaan.

'Ga je nou mee?'

Oma Extra zuchtte.

'Natuurlijk wel', zei ze lief.

'Oma Expert', zei René. Grinnikend liepen ze de trap op.

'Gelukkig maar', zuchtte Lola die avond. Ze klauterde in bed en gleed tussen de koele lakens. Het beddengoed rook lekker, naar zeep die ze niet kende. Lola glimlachte. Hotelzeep.

Papa Pol kwam op het voeteneinde zitten. Hij had precies hetzelfde bed, vlak naast dat van haar. Tegenover de bedden was de deur van een kraaknet badkamertje. Lola snuffelde nog eens aan het laken.

'Gelukkig maar *wat*?' vroeg Papa Pol.

'Dat *ik* er ben voor dit reisje.'

Papa Pol knikte.

'Dit kun je nooit allemaal navertellen.'

'Nee.' Papa Pol tuitte zijn lippen.

'Je wilt een zoen?'

'Ja.'

Lola sloeg haar armen om zijn hals. Soms was Papa Pol
niet heel spraakzaam.

Het was al donker buiten. Door het gordijn viel een
streep licht van een straatlantaarn. Papa Pol schoof het
wat verder open. Buiten kon Lola kwebbelende stemmen
en getoeter horen. Verlichting in alle kleuren floepte aan
en uit. Ze zaten er een tijdje samen naar te kijken. Toen
viel Lola in slaap.

Ze werd wakker van hetzelfde gekwebbel en getoeter.
Maar nu scheen er zonlicht in de kamer. Ze hoorde een
fietsbel rinkelen en iemand riep '*bozjoer*'.

Papa Pol liep te fluiten in zijn badjas.

'Bozjoer terug', zei hij en hij ging voor het raam staan.

Lola sprong uit bed en duwde haar neus tegen het raam.
Verderop in het steegje zag ze hun bus staan.

'Parijs', zei Papa Pol met een glimlach.

Na het ontbijt gingen ze bij de ingang van het hotel op de anderen staan wachten. Jos stond al kaarsrecht bij de deur.

'Je bent er al', zei Papa Pol.

'Al een halfuur', bromde Jos.

'Bozjoer!' Jackson kwam met zijn armen in de lucht de trap af.

'Daar gaan we weer', zuchtte Jos. René en Oma Extra kwamen giechelend tevoorschijn, met Juf Pia achter hen aan.

'Goeiemorgen', lachte Juf Pia. 'Vanavond mogen we naar de opera! Maar we beginnen dus met een museumbezoek?' Ze had een andere jurk aan dan de dag ervoor. Papa Pol stond er een beetje naar te staren.

'Zo'n jurk wil ik ook', zei Lola.

'Oké.' Papa Pol bleef naar Juf Pia kijken.

'Beloofd?' vroeg Lola verbaasd. Ze snoof plots een bekend geurtje op. Kolonel Theo verscheen, in een wolk van parfum.

'Het *Loevre*', kirde hij. 'Museum der musea. Welk hemd moet je daarvoor aan?'

Juf Pia en Papa Pol bogen zich over een kaart.

'Deze laan door', wees Juf Pia. 'Daarna naar rechts en door het park.'

'Ja', knikte Papa Pol. 'Zo lopen we er recht naartoe.'

De hal van het museum was ontzettend groot. Lola
keek haar ogen uit. Die hal leek wel zo groot als het
schoolplein.

'Groter', zei Juf Pia. 'Nog veel en veel groter.' Een beetje
wanhopig keek ze om zich heen. 'Waar moeten we nou
beginnen?'

'Hier.' Papa Pol beende kordaat naar de ingang van een
zaal en ze gingen allemaal achter hem aan.

Een halfuur later was Jackson nergens meer te bekennen.
Ze vonden hem terug bij een torenhoog schilderij, met
zijn neus erbovenop.

'Kun je dat nou begrijpen, kleine donder?' zei hij
tegen Lola. 'Die stukjes stof! Dat je die zo *echt* kunt
schilderen?' Met zijn dikke vinger wilde hij het doek
aanraken.

'Niet doen!' riep Lola. 'Er zit een alarm op!' Dat had ze
van Papa Pol gehoord.

Daarna raakten ze Kolonel Theo kwijt. Ze vonden hem
pas na een hele tijd terug in een andere zaal. Met tranen
in de ogen stond hij bij een klein beeldje.

'Een kopie hiervan', snotterde hij, 'staat thuis op mijn
kast.' Hij snufte luidruchtig. 'Eindelijk zie ik het echte
beeldje.'

'Hm', zei René voorzichtig. Hij wees op zijn buik.

145

Verontschuldigend haalde hij zijn schouders op.

'Tijd voor stokbrood', verklaarde Oma Extra.

'Juist', zei Kolonel Theo en hij ratelde een rij Franse woorden af.

'Kazen', zei Papa Pol tegen Lola. 'Alweer kazen.'

Mersie, petiet Lola!

Opgewonden huppelde Lola over de Parijse stoep, tussen
Papa Pol en Juf Pia in.

Langs een van de oneindige lanen waren ze op weg naar de
opera…

Het operagebouw leek wel een paleis. Door een glazen
deur liepen ze naar binnen. In de kolossale hal zag Lola
een brede stenen trap met een sierlijke leuning. Het
plafond was wel twee huizen hoog en een luster zo groot
als een boom schitterde en blonk.

De hal gonsde van de bedrijvigheid. Overal liepen heren
in pak en chic geklede dames. Bij sommige heren piepte er
een sjaaltje uit het vestzakje op hun borst. Enkele dames
hadden een hoed op. Juf Pia friemelde aan haar jurkje.

'Is dit wel geschikt?' vroeg ze twijfelend.

'Helemaal perfect geschikt', zei Papa Pol.

René gaf Lola een duw en draaide met de ogen. Voor
één keer durfde Lola niet te lachen. Ze wilde Juf Pia niet

147

beledigen. Bovendien had Papa Pol gelijk. Het *was* een mooie jurk en hij stond haar beeldig.

Papa Pol ging bij de balie informeren. Zwaaiend met hun kaartjes baande hij zich een weg door de menigte.

'Madame Opera heeft woord gehouden.'

Een bel rinkelde luid en alle mensen gingen de trappen op. Bij de ingang van de zaal stond een meisje, in het zwart gekleed. Met een blik op de kaartjes wees ze hen hun plaats. Ze mochten op een van de balkons gaan zitten.

Lola kon het publiek beneden goed zien. Rijen en rijen mensen zaten in rode fluwelen stoelen en een geroezemoes van stemmen steeg op. De muzikanten van het orkest zaten verstopt in een soort put voor het podium. Af en toe hoorde ze de klanken van een instrument.

'Opera is leuk', verzuchtte Lola.

'Het moet nog beginnen', zei Jos. Zijn witte zakdoek stak uit zijn vestzak, zoals bij de deftige heren.

De lichten in de zaal werden gedoofd en het geroezemoes hield op. Hier en daar klonk nog gekuch.

De zware gordijnen schoven open.

Op het podium stonden grote bomen in karton, en een spierwitte zwaan. Lola herkende Madame Opera, boven op de zwaan!

In het begin zong ze helemaal alleen. Toen kwam er nog
een zanger en daarna nog één en nog één, tot het podium
gevuld was met wervelende en zingende mensen. De
muziek van het orkest vulde de zaal.

Lola voelde de muziek in haar buik en de zwaan kon
rijden met de zangers erbovenop. *Dat* was knap! Maar het
verhaal snapte ze niet zo goed. Papa Pol fluisterde haar nu
en dan wat uitleg toe. Na een tijdje hield hij ermee op en
Lola begon zich een beetje te vervelen.

De violen klonken steeds verder weg…

Lola werd wakker van een daverend geluid.

Alle zangers stonden op het podium te buigen en de hele
zaal applaudisseerde. Achter zich hoorde Lola gesnurk.
Het was Jackson. Ze kneep in zijn knie en hij schrok op.
Nu kwam Madame Opera alleen naar voren. De mensen
klapten steeds harder.

De zware gordijnen achter haar schoven dicht en op het
podium ervoor verscheen een bundel licht. Het applaus
verstomde.

'Waarom…' begon Lola. Maar Madame Opera ging
midden in de lichtbundel staan en hief haar armen op.
Die hele zaal, bomvol mensen, werd muisstil.

'*Mersie*,' zei Madame Opera op zangerige toon, '*Mesjeu*

Zjakzon.' Lola's ogen werden groot. Dat had ze vast verkeerd begrepen.

'Dat ben ik!' zei Jackson en hij ging rechtop staan. Papa Pol trok hem aan zijn hemd terug op zijn stoel.

'*Mersie, Madame Pia-a*', ging Madame Opera verder. Nu hoorde Lola het goed.

'*Mersie, Mesjeu Po-o-l*', zong ze. '*Mersie, la petiet Lol-a-a.*'

'Wat betekent *petiet* ook weer?' fluisterde Lola opgewonden.

'Klein', fluisterde Papa Pol terug.

Madame Opera zweeg een moment en sloeg toen haar ogen op. Ze maaide met de armen door de lucht en begon met gesloten ogen te zingen.

'*Vie aan op ries!*' hoorde Lola. '*Naar Parie-ie-ies!*'

Ze haalde diep adem en ging verder.

'*Vant Papa Po-o-l ieft riebevies!*' klonk het door de zaal.

'Mijn lied', fluisterde Lola verbouwereerd. Ze was helemaal van de kaart.

'*Uun spotpries! Maak joelie vegvies!*' schalde Madame Opera. '*Ien Parie-ies!*'

Lola stootte Papa Pol aan. Hij voelde het niet eens. Met open mond zat hij te luisteren.

'Geweldig!' Juf Pia zuchtte verzaligd. 'Parijs is geweldig.'

'Verkeerde uitspraak', zei Oma Extra tegen René. 'Maar

wel een lied van *onze* Lola.' Ze knikte goedkeurend en haar enorme oorbellen wiebelden. 'Zo is dat.'

René zat te grinniken. Maar hij keek wel even trots als zij. 'Van onze Lola.'

Jackson gaf hem een stomp.

'Hoorde je dat? *Mesjeu Zjakzon!*'

'Stil nou.' Kolonel Theo had zijn ogen dicht. 'Laat de kunst spreken.'

Na het buslied maakte Madame Opera een diepe buiging.

'Zien we haar nog terug?' vroeg Lola. Maar niemand kon haar horen. Ze klapten allemaal zo hard ze konden. Madame Opera verdween en de lichtbundel doofde uit. Eindelijk hield het applaus op.

'Ik hou van opera', zei Jackson, terwijl het licht in de zaal aanging. Hij had een rode streep op zijn wang, daar waar de stoel tegenaan had geduwd.

'Je sliep', bromde Jos.

'Mersie, *Mesjeu Zjakson*', zei Jackson vinnig. '*Dat* heb ik niet gemist.'

'En de rijdende zwaan', zei Lola.

'Ik bouw er zo eentje voor jou, kleine donder. Voor je volgende verjaardag.'

'Dat wordt dan een *smak* van een zwaan', glimlachte Juf Pia.

Ze stonden op en de zittingen van hun stoeltjes klapten omhoog. Lola wreef nog eens over het rode fluweel. Ze liepen de zaal uit en de sierlijke trappen af, naar buiten. Op straat leek het nog drukker dan overdag. Lola keek om zich heen. Overal was licht. Van auto's, uithangborden en straatlantaarns. Uit ramen van gebouwen en deuren van cafés.

Juf Pia stak een arm door die van haar.

'Zullen we gaan, *petiet Lol-a-a*?'

Een ommetje voor Jos

Papa Pol parkeerde de bus voor de deur van het hotel. Het was tijd voor de terugreis.

Terwijl iedereen instapte, bleef Jackson nog even achter. Te midden van de straat gooide hij zijn armen open.

'Parijs!' riep hij. '*I love you!*'

'Ik hoop maar dat Parijs ook *loves you*', zei Papa Pol.

Daar moest Lola hard om lachen. Juf Pia lachte met luide snurkjes.

'De Parijzers rijden wild,' Jackson hees zich in de bus, 'maar het zijn toffe peren.'

'Dat zeg je', zei Papa Pol, 'omdat het net zulke lawaaimakers zijn als jij.'

'Claxonneren!' deed Lola hem na. Ze zat al op haar plekje.

'Poeh', blies Jackson. 'Wat zijn *jullie* twee wijsneuzen geworden.'

'Dat heb je met chauffeurs die meerdaagse reizen maken', zei Juf Pia. '*En* met hun dochters.'

De rit naar huis verliep perfect normaal.

'Een wonder', zei Jos almaar. 'Het is een wonder.' Het klonk bijna alsof hij het spijtig vond. Na een paar uur rijden hield Papa Pol halt bij een tankstation.

'Een allerlaatste stop', zei hij in de microfoon. 'Afspraak over tien minuten bij de bus.'

Lola ging met Oma Extra een reep chocola kopen.

René liep samen met hen terug naar de bus. Hij beet in een enorme wafel. Papa Pol zat al klaar achter het stuur.

'Wacht!' In één keer duwde René de rest van de wafel in zijn mond.

'Zeg eens *haw-wen*', gniffelde Oma Extra. René gaf haar een tik tegen haar billen.

'Goed, kinderen.' Papa Pol tokkelde op het stuur. 'Kunnen we gaan?'

In de schemering zoefde de bus verder over de snelweg. De meeste reizigers waren nu moe. Er klonk zacht gepraat en hier en daar was een gordijntje dichtgetrokken.

Lola zat loom onderuitgezakt en probeerde niet in slaap te vallen. Ze luisterde naar het ononderbroken gebrom van de motor. De lichten van de snelweg flitsten voorbij.

'Waar is Jos?' vroeg Kolonel Theo opeens luid.

Lola schrok op. Ze keek achterom naar de stoel waar Jos eerst zat. Die was leeg.

Juf Pia stond op en ging door het gangpad de rijen stoelen langs.

'Is er iets?' vroeg Oma Extra. 'Missen we iemand?'

'Ik heb anders niemand gemist', zuchtte Papa Pol. Hij nam de microfoon. 'Jos, als je hier bent, geef je dan over.'

Juf Pia snurkgiechelde. Ze kwam door het gangpad teruggewandeld. 'Hij is er niet.' Ze haalde haar schouders op. 'Het tankstation.'

Dat had Papa Pol ook al bedacht. Hij knikte.

'Wat denk je, Lola. Halen we hem weer op?' In gedachten zag Lola de humeurige brandweerman langs de kant van de weg zitten. Op zijn witte zakdoek.

'Laten we het toch maar doen.'

Voor de tweede keer reed Papa Pol de afrit naar het tankstation op.

Ze zagen Jos stijfjes naast een bankje staan, vlak bij de toiletten.

Lola duwde op de knop voor de deur. Zonder een woord stapte Jos de bus in.

'We zijn zo weer op weg', zei Papa Pol in de microfoon. 'Nu we voltallig zijn.'

Met zijn neus in de lucht spreidde Jos zijn zakdoek. Lola dacht dat ze zijn snor zag trillen.

Jackson vouwde zijn handjes over zijn buik. Nu komt het, dacht Lola.

'Nou, Jos', zei Jackson. Hij strekte zijn handen uit en legde ze weer op zijn buik. 'Deze keer hadden we wel een speciaal ommetje. Heel speciaal voor jou!'

'Ai', zei Kolonel Theo. 'Die zit.'

En toen gebeurde er iets heel geks. Lola keek nog eens achterom. Ze kon haar ogen niet geloven. Maar ze had het goed gezien. Jos trok *geen* zuur gezicht.

Onder zijn hangsnor verscheen een soort grijns. De grijns werd nog wat breder. Bijna dacht Lola dat ze het zich had ingebeeld. Maar Juf Pia had het ook gemerkt. Voor de allereerste keer zagen ze de knorrige brandweerman glimlachen.

Meteen daarna keek hij weer gewoon nors voor zich uit. Juf Pia boog naar Lola voorover en stak stiekem haar duim op.

'Oké', deed ze de stem van Madame Opera na.

Lola lachte met een zucht erbij. Ze voelde zich opeens helemaal opgelucht.

Over Jos.

Over Papa Pol.

157

Over hun eerste reis-van-meer-dan-één-dag.

Over alles.

Ze legde haar hoofd tegen de schouder van Juf Pia. Die sloeg een arm om haar heen.

De beste reisjes, dacht Lola. Ze tuurde naar de voorbijzoevende snelweg. De beste reisjes maken wij.

Een goed team

Laat in de nacht reden ze het dorp weer binnen. Papa Pol parkeerde de bus en maakte de grote koffer open. Het was er opeens een kabaal vanjewelste. Iedereen riep en liep door elkaar. Er werd omhelsd en gekust en afscheid genomen tot Lola er draaierig van werd. Ze ging een beetje opzij staan.

Te midden van al het geharrewar op het voetpad zag ze een onbeweeglijke figuur. Het was Jos.

Hij klapte het handvat uit van een keurige, zwarte valies op wieltjes.

'Een geslaagde reis', hoorde ze hem zeggen. Tegen niemand in het bijzonder. En zonder nog om te kijken, trok hij zijn koffer achter zich aan en verdween in het donker.

Niet alleen Jos vond de reis geslaagd. Iedereen was dik tevreden.

'Jullie met z'n drietjes', zei Jackson, de eerste dag weer

thuis, 'jullie zijn een goed team.' Alsof ze een wedstrijd gewonnen hadden, vond Lola. Ze was zo trots als een pauw.

'We hopen op meer van die reisjes.' Jackson wreef zich vergenoegd in zijn handjes. '

'Dat komt wel', zei Papa Pol geheimzinnig.

Hij en Juf Pia hadden een plan.

Ze wilden een reisbureau beginnen.

'Mensen bellen me altijd al voor hun uitstapjes. Nu wil ik die *zelf* gaan verzinnen', legde Papa Pol uit. 'Juf Pia gaat samen met mij een lijst maken. Een lijst van reisjes. Daar kan iedereen dan uit kiezen, zoals bij een menu in een restaurant.'

'Wanneer beginnen we?' vroeg Lola.

'Ho!' lachte Papa Pol. 'Eerst moeten we ons voorbereiden. Want we doen ook *speciale* reisjes.' Hij sloeg zijn armen over elkaar en keek haar met glinsterende ogen aan.

'Hoezo?'

'We gaan naar gewone plekjes, waar anderen ook komen.' Hij zette een raadselachtig gezicht op. 'Maar *wij* gaan er iets bijzonders doen.'

'Wat dan?' Lola werd almaar nieuwsgieriger.

'*Dat* moeten we net uitzoeken', zei hij opgewekt. 'Jij en ik en Juf Pia.'

Eigenlijk begreep Lola niet zo goed wat hij bedoelde.
Maar dat wilde ze niet bekennen. Ze wilde veel te graag
meehelpen.

'Wij zijn een goed team!'

'Als jij het zegt', zei Papa Pol.

Het werd een drukke vakantie. Lola en Papa Pol deden een
heleboel uitstapjes.

In haar schrift hield Lola de tel bij. Ze waren al wel tien
keer op stap geweest. Meestal ging Juf Pia met hen mee.
Maar soms bleven ze met z'n drieën gewoon thuis en dan
verzonnen ze reisjes.

Ze bekeken stapels boeken vol foto's. Van glooiende
heuvels en wijngaarden. Van steden en kerken en pleinen.
Van duinen en stranden. Er was keuze te over.

'Zijn *daar* al mensen geweest?' vroeg Lola. Ze zaten in
de woonkamer rond de tafel en Juf Pia nam net een slok
koffie.

'Laat eens zien?' Ze had haar neus nog in haar kopje.

Lola tikte met haar vinger op een foto van een verlaten
kasteel op een groene heuvel.

'Dat denk ik wel', zei Papa Pol.

'Niets speciaals dus.' Lola wachtte even af. Toen ging ze
over het tafelblad hangen en grabbelde een ander boekje

162

vast. Peinzend keek Papa Pol voor zich uit.

'Als wij er nu eens de nacht doorbrengen?' vroeg hij bedachtzaam. 'Stel je voor.' Hij maakte een weids gebaar. 'Kamperen in zo'n schitterende verlaten balzaal.' Lola liet het boekje vallen.

'Slapen? In een kasteel?'

'Dat durft Kolonel Theo nooit…' Juf Pia keek aandachtig naar de foto. 'Die verwilderde tuin', zei ze dromerig. 'Ramen met uitzicht op een groene vallei.' Ze keek nu van heel dichtbij. 'Dit is een rivier.' Ze wees op een glinsterende streep.

'De reisjes moeten een naam hebben', zei Papa Pol.

'*Romantische kasteel-kampeerreis met vaartocht en picknick in het groen*', zei Juf Pia. In één adem en met een knipoog naar Lola.

'En verkleedfeest!' Lola klapte opgewonden in haar handen en stak haar neus in de lucht. 'In een kasteel draag je geen gewone kleren.' Ze wachtte op protest van Papa Pol. Maar die dacht alweer aan iets anders.

'We moeten dit reisje eerst een keer zelf doen. Voor we het aanbieden. Eerst eens kijken of het kasteel echt zo mooi is.'

'En of we er kunnen overnachten.' Juf Pia was het helemaal met hem eens.

'We moeten *alles* testen.' Met een klap zette ze het lege

kopje neer. 'Alle mooie plekjes en leuke dingen.'

'Alle ijsjes!' Lola was op haar knieën op haar stoel gaan zitten. 'Wanneer gaan we?'

Opeens viel er een stilte.

Papa Pol glimlachte verlegen naar Juf Pia.

'De volgende vakantie?'

Juf Pia keek van Papa Pol naar Lola en weer terug. Ze liet haar stralende lach zien. 'Afgesproken!'

'Gaaf!' Lola ging bijna boven op de tafel zitten. 'En we testen ook waar je kunt zwemmen!'

'In rivie-ieren!' Juf Pia deed Madame Opera weer na. 'En in vie-ievers!' Ze wees naar het tapijt. 'Me-e-ren!' Nu wees ze naar de sofa. Het leek of ze al dat water zo zag liggen.

'Dan blijven we wel lang weg', protesteerde Papa Pol. Maar zijn ogen twinkelden.

'Geeft toch niets', zei Lola.

'Net goed', zei Juf Pia.

Pia, Pia, Pia

Op een avond aan het eind van de vakantie zaten ze met
z'n drieën in de tuin, ieder in een tuinstoel.

'Ik moet bij Jackson langs', zei Papa Pol.

'Is er iets met de bus?' Juf Pia ging rechtop zitten.

Lola sprong op.

'Mag ik met je mee?'

'Nee!'

Ze keken hem allebei verbaasd aan.

Papa Pol klapte zijn tuinstoel dicht.

'De bus heeft een, nou ja, een dingetje. En jij moet naar
bed, Lola.' Ze wilde protesteren, maar tegelijk onderdrukte
ze een geeuw. Eigenlijk was ze best moe. Ze had de hele
middag met haar busje door de tuin geracet.

'Zal ik je naar bed brengen?' vroeg Juf Pia.

Lola vond het best.

'Dat is dan geregeld', zei Papa Pol met een blij knikje naar
Juf Pia. Hij gaf Lola een zoen.

Een tel later steeg het bekende motorgeronk op en de bus reed de straat uit.

Juf Pia boog zich naar Lola.

'Hij verbergt iets.'

Traag knikte Lola, onderuitgezakt in haar tuinstoel.

'Een geheim.'

'Poeh', deed Juf Pia. 'We komen er wel achter.'

'Kietelen', zei Lola. 'Als je hem kietelt, vertelt hij *alles*.'

'Mag ik?' Juf Pia ging op de rand van Lola's bed zitten. Lola schoof een stukje op. Ze zuchtte diep. Niet omdat ze naar bed moest. Maar omdat de vakantie voorbij was.

Of om nog iets? Ze wist het zelf niet zo goed.

'Jij gaat naar de derde klas', zei Juf Pia.

Lola zuchtte nog dieper.

'Wat kijk je donker.' Juf Pia gaf haar een duwtje.

'De tweede was leuker.'

'Welnee. De derde!' Juf Pia klakte met haar tong. 'Je leert steeds langere woorden!'

'Ik had de leukste juf', zei Lola koppig.

'Ben je mal.' Maar Juf Pia gaf haar een lief kneepje.

Lola nam haar wijsvinger vast en wiebelde ermee.

'Kom je na de vakantie nog langs?'

Juf Pia's blik werd zacht.

'Dat was ik wel van plan.'

Lola dacht aan de voorbije zomer. Ze was het intussen helemaal gewend met drie. Alsof ze niet meer goed wist hoe het vroeger was, zonder Juf Pia.

Jackson had gelijk. Ze waren echt een beetje een team.

Juf Pia keek haar aan. 'Je kunt me gewoon Pia noemen.' Ze friemelde aan haar trui. 'Geen gejuf meer.'

Pia, dacht Lola. Ze giechelde.

'Het wordt even wennen', knikte Juf Pia. Die nu dus gewoon Pia was. 'Maar je zult zien. Na tien keer klinkt het al anders.'

'Pia, Pia, Pia', deed Lola hardop. 'Pia, Pia.' Ja, het wende. Naast het bed lag een boek. Juf Pia, nee… Pia sloeg het open waar de bladwijzer stak.

'Waren jullie hier gebleven?' Lola knikte. Ze voelde zich al een stuk beter.

Pia knipte het lampje aan en begon op gedempte toon voor te lezen. Op de witte muur van de kamer tekende zich haar schaduw af, lichtjes over het boek gebogen.

Als ik alleen maar haar schaduw zie, dacht Lola, weet ik dan dat zij het is?

Ze keek naar het gezicht op de muur. Naar de mond en de neus. En de beweeglijke handen.

Vast wel, dacht ze. Dat weet ik vast wel.

Opgelucht viel ze in slaap.

De verrassing

'Wij hebben iets besloten', zei Lola de volgende dag tegen Papa Pol. Ze zaten buiten aan de tuintafel. Ze zette een samenzweerderig gezicht op. 'Geen gejuf meer.'

'Geen ge*wat*?' vroeg Papa Pol. Iemand sjorde aan het tuinhekje.

'Geen gejuf.' Lola keek naar het bewegende deurtje. 'Gewoon Pia!'

Met een smak ging het hekje open. Pia kwam met een boodschappentas aan de arm het gazon oplopen.

'Worden hier geheimen verklapt?' Ze gaf hen allebei een zoen en zwaaide de tas op een stoel. Er rolde een appel uit. Lola dook erachteraan.

'Zo', zei Papa Pol in zichzelf. 'Pia.' Hij sprak de naam nadrukkelijk uit, alsof hij hem voor de eerste keer hoorde.

'Hier ben ik!' Pia veegde de appel aan haar mouw af. Lola nam er een hap uit en ging weer zitten.

'Mooie naam', zei Papa Pol. Half ernstig, half lachend.

'Dat zeg jij', zei Pia. Met een giechel en een snurkje erachteraan.

'Hij vindt alles aan jou mooi', gniffelde Lola.

'Bof ik even.' Met een sprongetje kwam Pia achter Lola's stoel staan. 'En?' fluisterde ze Lola in het oor. 'Wanneer gaan we kietelen?'

Lola slikte gauw een stuk appel door.

'Wat was er met de bus?' vroeg ze aan Papa Pol.

'Gisterenavond?' Ze probeerde een strenge stem.

Papa Pol glunderde.

'Dat is een verrassing.' Hij speelde met een grassprietje.

'Het is nog niet klaar.'

Lola sprong op. Papa Pol gooide het grassprietje weg.

'Ach wat', zei hij ineens ongeduldig. 'Laat ik het maar verklappen.' Lola zakte terug in haar stoel en Pia stak een duim op. Lola voelde een lach opborrelen, maar ze hield hem in. Ze wilde Papa Pols geheim horen.

'Jackson is een kampeerbus aan het fiksen', zei hij. Hij zweeg en keek hen allebei verwachtingsvol aan. Alsof hij op applaus wachtte. 'Ik bedoel! Jackson kan onze bus tot een kampeerwagen ver… *verfiksen*!' Bij dat laatste woord maakte hij een vreemd gebaar. 'Elke keer als wij dat willen', voegde hij eraan toe.

Ze gaven hem nog altijd geen applaus. Hij werd een beetje ongeduldig.

'Tijdens het jaar blijft het de bus', legde hij uit, 'voor uitstapjes in groep. Maar op vrije dagen en in de vakantie turnen we die om. Hop!' Weer maakte hij dat gekke gebaar.

'Hop', zei Pia verbouwereerd.

'We klappen stoelen weg!' zei Papa Pol met luide stem. Hij praatte anders nooit hard. 'We hangen wat kastjes op. Een tafel en een paar bedden erin. En hop! Een kampeerbus!'

'Hop', zei Pia nog eens. Blijkbaar moest ze er even over denken.

'Krijg ik een *bed*?' vroeg Lola. 'In de *bus*?' Zoiets had ze ooit op een foto gezien.

'O jawel.' Papa Pol keek triomfantelijk.

Pia's ogen werden groot.

'We kunnen *alle* reisjes testen', zei ze.

'Snap je het?' zei Papa Pol. Nu zag Lola hoe trots hij was.

'We blijven weg zo lang we willen', zei Pia.

'We kunnen ommetjes maken', zei Lola opgewonden.

'En overal stoppen', zei Pia, al even opgewonden.

Papa Pol nam een flinke hap uit een appel.

'*Juwwie fnappen ut*', zei hij met zijn mond vol.

'*Kampeertoerisme-dinges-reizen*', riep Lola. 'Met onze bus!'
Het liefst was ze meteen vertrokken.

Met een sprong ging ze op Papa Pols been zitten. Ze sloeg
haar armen om zijn nek. Papa Pol verslikte zich.

Toen hij ophield met kuchen, trok hij Pia zachtjes dichterbij.
Tot ze bij hen zat. Met z'n drieën op dezelfde stoel.

Lola rook de lekkere geur van haar trui. Ze duwde haar
neus erin.

'Wat goed.' Pia slaakte een blije zucht. 'Echt helemaal goed.'

Ja!

Lola stond na school op Papa Pol te wachten. Hij had
beloofd om die avond gevulde aardappelen te maken.
'Ter ere van jullie tweede dag van het nieuwe schooljaar',
had hij plechtig gezegd. Pia zou ook komen. De avond
ervoor hadden ze de eerste schooldag al gevierd.
'Morgen vieren we de derde', lachte Pia. Ze stond samen
met Lola naar de bus uit te kijken. Maar Lola was in
gedachten verzonken.
'De kinderen in de derde klas, de nieuwe kinderen…' Met
de punt van haar schoen schopte ze een keitje weg. 'Zijn
die leuk?'
'Best wel.'
'Erg leuk?'
'Dat valt nog te bekijken', lachte Pia.
Lola schopte nog een keitje weg.
'Wacht even.' Ongelovig schudde Pia het hoofd. 'Bedoel
je *zo* leuk?' Ze sloeg haar hand tegen haar voorhoofd. 'Zo

leuk als…' Ze deed of ze steun zocht tegen een muurtje.

'Zo leuk als jij!' Wild schudde ze van nee. 'On-mo-ge-lijk!'
Ze zwaaide met beide handen. 'Bestaat niet! Nooit meer!'

Lola lachte flauwtjes.

'Je houdt me voor de gek.'

'Een beetje', zei Pia lief. Ze knielde vlak voor haar neer.

'Jij bent Lola.' Ze prikte in haar buik. 'Van busliedjes. En
kampeerbusreizen. Lola van Papa Pol. Zo is er maar één.'
Ze trok aan haar oor. 'Eén is genoeg.'

'Oké', zei Lola stoer en ze haalde haar schouders op. Maar
ze werd helemaal warm vanbinnen.

Papa Pol kwam aangereden. Hij remde bruusk en nog voor
de bus stilstond, zoefde de deur al open.

'Hoe was jullie tweede dag?' vroeg hij enthousiast.

'Ik heb het iedereen gevraagd', zei Lola, terwijl ze instapten.
'Niemand in mijn klas is tien keer op reis geweest.'

'Al helemaal niet met een bus', zei Pia. 'Toch?' Ze plofte
neer en gooide haar tas onder een stoel. De motor ronkte
en Papa Pol reed de straat uit.

'En hoe had jij het?' vroeg Pia. Ze woelde even door zijn
haar.

Lola veerde opeens op. Haar ideetje schoot haar weer door
het hoofd. Ze had het de vorige avond in bed bedacht.

'Als wij met ons drieën reisjes verzinnen', zei ze, 'en samen reisjes testen. En uitrusten. En aardappelen eten. En nieuwe reisjes verzinnen…' Ze hapte naar adem.

'Gaat dit ergens heen?' vroeg Papa Pol verwonderd.

'Dan kunnen jullie beter trouwen!'

Papa Pol bleef aan de toeter haperen. 'Hoe kom je daarbij?'

'Lijkt me handig', zei Lola. Ze nam de microfoon en zette hem aan. 'Trouwen', zei ze luid en duidelijk.

'En hop', zei Pia. Ze schudde van het lachen.

'Jullie zijn toch verliefd?' zei Lola. Nog altijd in de microfoon.

De toeter klonk nog een keer. Nu deed Papa Pol het met opzet.

'Jawel!' zei hij.

'Zie je nou', zei Lola. 'Aanpakken.'

'Aanpakken…' Papa Pol haalde diep adem en parkeerde de bus aan de kant van de weg.

'Liefste Pia,' zei Papa Pol plechtig, 'wil je met me trouwen?'

Pia nam de microfoon uit Lola's handen.

'Ja!' zei ze beslist. Ze had tranen in de ogen. Misschien van het lachen, misschien ook niet. Haar *ja* klonk door de hele bus.

Pia legde de microfoon weg.

'En nu toeteren, alsjeblieft!' riep Lola.

'Gefeliciteerd, Pia.' Papa Pol kuste haar in de hals.

'Jij ook, Pol', zei Pia zacht.

Lola gaf hen allebei een zoen.

Papa Pol had een glimlach van oor tot oor.

'Wacht tot Jackson dit hoort.'

'Die gaat door het dak', zei Pia.

'Claxonneren!' brulde Lola.

En Papa Pol toeterde. Drie keer. Heel luid en heel lang.

En… Hop!

Jackson kwam de bus terugbrengen.

'Hij heeft hem *verfikst*', zei Pia. 'In zijn wonderlijke garage.'

Met een zwierige bocht parkeerde Jackson de bus voor de deur. Lola stormde naar buiten. Papa Pol en Pia haastten zich achter haar aan.

'Zijn jullie klaar?' riep Jackson vanachter het stuur. 'Voor de demonstratie?!'

Nieuwsgierig klommen ze alle drie naar binnen.

'Waar zijn de stoelen?' Lola keek verwonderd om zich heen. De bus was nauwelijks te herkennen. Er was zo veel plaats!

'Systeem!' riep Jackson en hij zwaaide met zijn korte armpjes. 'Alles is systeem! Om de stoelen eruit te halen! Er achteraf weer in te zetten!' Pia was al verder gelopen en ging bij een wasbak staan. Ze draaide een waterkraantje open en dicht.

'Een keuken', zei ze verrukt.

Papa Pol liep hoofdschuddend door de bus.

'Geweldig', mompelde hij verbaasd. In een gezellige hoek waren een paar stoelen tot een sofa omgebouwd. Verderop was een bed opgeklapt achter een gordijn.

In de hele bus kon je dingen open- en dichtvouwen, heen en weer rollen of op en neer schuiven. Jackson liep rond als een gek om te laten zien hoe alles werkte.

'Hop!' riep hij. 'Systeem!'

'Hop', knikte Pia. 'Nu begrijp ik het.'

'Geweldig', zei Papa Pol alleen maar.

Helemaal achterin hing een groot zeil met een deurtje erin. Lola glipte er naar binnen. Onder de busraampjes met de kleurige gordijnen stonden een bed en een tafeltje. Er lag een knus tapijt en er hing een leeslampje op. Jackson was naast haar komen staan.

'Jouw kamer', glunderde hij.

Lola hapte naar adem. Ze staarde naar de bedsprei. Er stonden kleine, zweverige figuurtjes op. Ze was *zo* blij dat ze ervan duizelde.

Papa Pol deed het deurtje open en verscheen in de opening. Voor hij iets kon zeggen, kroop Jackson onder zijn arm door naar buiten.

'Pas op!' Hij trippelde over het vroegere gangpad. 'Laatste demonstratie!' Ergens in een nis draaide hij aan een wiel.

Buiten, aan de zijkant van de bus, schoof een blauw-met-witgestreept zonnescherm open. 'Een terras', straalde Jackson.

Toen Jackson al lang vertrokken was, hing Lola nog altijd in de bus rond. Ze ging in alle hoekjes zitten, trok hier een kastje open en klapte daar een tafeltje uit. Pia kwam haar een boterham brengen.

'Kom je?' Ze gaf Lola een aai over haar hoofd. 'Het wordt donker.'

'Nog even', smeekte Lola. Door de busraampjes zag ze Pia terug naar binnen gaan. Een moment later verscheen ze samen met Papa Pol in het verlichte raam van de woonkamer. Lola at haar boterham op in het buskeukentje. Ze slenterde nog een keer naar achteren en glipte door het zeildeurtje haar kamertje binnen. Vanaf haar nieuwe bed ging ze naar de sterren liggen kijken.

Een andersommetje

Lola telde de dagen af tot de volgende vakantie. Zoals afgesproken zouden ze de kasteelreis testen. Maar met de kampeerbus konden ze makkelijk *nog* ergens langs.

'Ik weet wel wat', zei Lola. 'We maken er een verrassingsreis van.'

Dat vonden Papa Pol en Pia een goed idee.

'En een huwelijksreis', zei Lola een dag later. 'Alles in één keer.' Ook dat vonden ze een goed idee.

Elke dag schreef Lola een idee voor hun reis in haar schrift.

Of een lang woord. Of nog iets anders. Ze schreef:

Idee: we doen een picknick in het bos en slapen in boshutten

en

Pia en Papa Pol zijn de P-club

en

Meenemen: duikbril, prinsessenkleed, vlindernet

en

Boswaar – mesjeu – mersie – kommontalleevoe

Dat laatste voor het geval ze naar Frankrijk gingen. Dat
kon je met een verrassingsreis niet weten. Toen ze drie
bladzijden vol had, brak de dag van vertrek aan.
Alle vrienden kwamen hen uitzwaaien. Ze keken toe hoe
Papa Pol de laatste koffer in de bus wegstopte.
'Normaal gaat het net andersom', grinnikte René. 'Eerst
een huwelijk, daarna een huwelijksreis.'
'Papa Pol doet alles met een *andersommetje*', plaagde
Jackson. Hij liep in en uit de bus om alles nog een laatste
keer na te kijken.
Oma Extra had een cadeautje voor Lola bij zich. Ze haalde
een geruit hoesje boven.
'Dit past op de hoofdsteun van je stoel', zei ze. *Lola*, stond
er in krullerige letters op geborduurd.
Kolonel Theo had een kaassoufflé gemaakt voor onderweg.
Hij vroeg of ze wel genoeg van alles hadden meegenomen.

'Een verrassingsreis', zei hij nerveus. 'Dan moet
je werkelijk op *alles* voorbereid zijn. Zaklampen!
Muggenolie! Paraplu's!' Hij begon lichtjes te panikeren.
'Lucifers! Antibacteriële zeep!'
'Het loopt wel los', suste Pia. 'Zeep heb ik wel ergens.'
'Ergens', kreunde Kolonel Theo.

'Pas je wel goed op, kleine donder?' zei Jackson tegen Lola.
Er glinsterde alweer een traan in zijn ooghoek. Lola gaf
hem een stevige knuffel.
Ze bedankten iedereen en namen afscheid.
Lola zuchtte. Weer begon een lange reeks van omhelzingen
en gezoen. In de verwarring sloeg Jackson zijn armen om
René heen.
'Nou', grinnikte die, '*ik* blijf gewoon hier.'
Eindelijk startte Papa Pol de motor. De deur zoefde dicht
en met een schok kwam de bus op gang.
'Daar gaan we dan!' zei hij luid. Iedereen bleef op het
voetpad staan wuiven. Lola zwaaide tot ze de hoek van de
straat om waren.
Met een onstuimig gebaar zette Papa Pol een plaatje op.
Hij veranderde de versnelling en er kraakte iets. De hele
dag al was hij een beetje wild.
'Dus, Lola', zei hij opgewekt, 'de bestemming maakt niet uit?'

Ze schudde het hoofd.

'Als we maar... af en toe een ommetje maken.'

'Akkoord!' Papa Pol gaf een vrolijke mep op het stuur. 'Het eerste ommetje begint *nu*.' Verbaasd keken ze hem aan.

'We rijden even langs de Eerste Poolse Pantserdiviesistraat.'

'Help', gniffelde Pia. 'Dit wordt me het reisje wel.' Ze liet een snurkgiechel horen.

Lola keek opgetogen van Papa Pol naar Pia en weer terug.

'Daar gaan we dan!' riep ze. 'Hop!'

En vrolijk brommend reed de blauwe bus het dorp uit.

www.lannoo.com

Registreer u op onze website en we sturen u regelmatig
een nieuwsbrief met informatie over nieuwe boeken en
met interessante, exclusieve aanbiedingen.

Illustraties: Anna-Karin Garhamn
Omslagontwerp: Anna-Karin Garhamn en Studio Lannoo
Opmaak: Mieke Smalle

© Uitgeverij Lannoo nv, Tielt, 2011
D/2011/45/466
NUR 283
ISBN 978 90 209 9992 1